U0060304

薰衣草姑娘

江秀鳳◎著

[序一]

青春美麗的花園

——讀江秀鳳的散文集《薰衣草姑娘》

◎胡長松

　　江秀鳳默默地耕耘台語散文已經好一陣子，這本散文集是她幾年下來創作的成果，裏頭收錄了足足有 30 篇的台語散文。

　　因為內容實在很豐富，我略將之分類並分享心得如下，以供讀者參考：

　　第一類，是「童年與親情」的一類，描寫作者童年家鄉生活或者親情的回憶，包含有〈懷念的多節暝〉〈藏袂稠的愛〉〈食碗粿的時陣〉〈菜市仔名〉〈一粒粽一世情〉〈相思雨〉〈替阿爸抓腳脊胼〉〈阿薰的蕃薯〉〈故鄉的高接梨〉〈後庭春色〉等這幾篇。這幾篇探及了作者一代的成長史，雖屬個人的回憶，卻不乏普遍性，價值是很大的。江秀鳳的文字特色纖細溫暖，字裏行間呈現出真摯的情感，譬如〈藏袂稠的愛〉寫她和母親的感情，〈替阿爸抓腳脊胼〉寫她對父親的懷念，均十分深刻。我列舉〈替阿爸抓腳脊胼〉中的片段，讀者從中可以瞭解江秀鳳鋪陳情感的真功力：

　　　「前幾工仔，去病院看八十一歲的阿爸，阿爸又閣叫我替伊抓腳脊胼（抓背），隔欲二十年，再度掀起阿爸白色的汗

衫，心肝內無限的感傷，當年彼結實強壯的漢草走佗去啊，
如今出現置目睭前的，是軟膏（ko⁵）膏的腳脊胼，指甲抓落
去，嘛聽味著永過刷刷刷清脆的聲音，小可彎彎的龍骨，已
經毋是卡早置我心目中彼座懸山，愈抓心愈酸，目屎遂一粒
一粒輾（lian³）置輪椅頂頭⋯⋯」

另一方面，江秀鳳細緻的描寫，也將往日時光清晰地喚回我
們的眼前。我再舉〈食碗粿的時陣〉的片段來說明：

　　「若拄著豐收的季節，阿母會趁落雨天，舀一寡米來浸
水，等米浸軟了後，才叫阿姐用枅（khat）仔舀米倒入去石
磨仔內底，阿母出力給石磨仔 sak 振動，石磨仔的水溝會流
出白色的米奶，親像厝後壁的泉水全款⋯⋯彼白甲假若牛奶
的米奶汁，帶互阮無限的希望。」

確實，江秀鳳的文字，彷彿一下子帶我們回到童年的光陰裏
去了。

第二類，是「生活記情」的一類，爲數最多，同樣是眞情細膩
的描寫，但較著重於現代生活周遭的點滴人事，兼訴當下心情以
及生活給予人生的啓示，包含有〈你的世界是我探昧著的天星〉
〈感恩的故事〉〈長相思〉〈山賊日記〉〈追憶一代宗師〉〈中晝茶〉〈薰
衣草姑娘〉〈闖入桃花源〉〈阿娟的故鄉〉〈田中央焢土窯〉等這幾
篇。這裏頭有生活的角落，有遊記，有人物的側寫，幾乎就是當

前小市民生活與情趣的縮影。在當今紛雜的社會，江秀鳳寧取光明一面的關照，因此她的文章特別能夠給予現代台灣人正面的鼓舞和啟示。例如在〈薰衣草姑娘〉中，她描寫了一位患有先天性海洋性貧血症的女孩，雖然有長年的病痛，但總是樂觀向上；這位女孩送給她一盆薰衣草，她在文中這麼寫著：

> 「這擺薰衣草置阮兜活了真有趣味，二、三十蕊一綰一綰，深茄仔色的花穗，壯觀閣美麗……小小的客廳充滿著浪漫溫馨的氣氛，薰衣草薄薄的清芳豐富著阮的心靈視野，下晡的彩虹繪光阮的笑聲，彼美麗的畫面久長停睭置阮兜客廳，薰衣草成就一段人間天堂……」

江秀鳳天性的溫暖讓整體的文字呈現出明亮的、優雅的春天美感，即使面對感傷或不如意，也能持有這樣的視野與藝術氣息，這是江秀鳳這一類散文的特出之處了。

第三類，是「社會記實」的一類，皆是透過故事小說筆法，描寫社會現狀，其中不乏批判性。這一類的作品包含有〈葉仔〉〈吳子祺傳奇〉〈我才十四歲〉〈春田愆老父〉等幾篇。在這類作品中，正向、積極的現代人生啟示仍是重頭戲，譬如〈葉仔〉和〈吳子祺傳奇〉，寫的正是困境中奮發的小人物；其中〈吳子祺傳奇〉，以一位國小作文天才的口吻，道出孩童眼中的大人世界；吳子祺的出身寒微艱辛，父親聾啞，母親失明，一家人住在水溝上的鐵皮屋裏；一次的作文比賽，他得到了全縣第一名，縣長說要拜訪他

的家庭；這讓從來不曾關心他的校長和老師，一下子興奮起來
了；作者隱然的批判，就在這次拜訪裏呈現出來；我們看到了功
利的大人世界，不禁搖頭！這篇作品，寫得相當平順，看似小學
生般簡潔的文句，卻藏了一把利刃在裏頭，讀了使人嚇一跳，這
樣的作品，在台灣文學裏，是極為罕見的。但另一方面，她們也
能觸及現代社會的邊緣面與黑暗面，使得作品呈現出較前一類作
品更大的反差幅度；有時甚至透過溫柔的筆調對人心的不公義面
做出諷刺，批判的力道不小。例如〈我才十四歲〉這篇，是藉由一
個小女孩的口吻來控訴原住民雛妓問題，情感濃厚，讀來讓人落
淚。這類作品除了展現出江秀鳳細膩的觀察力與準確的文字掌握
力，也宣示了她具備優秀小說家的剪裁能力。

第四類，是「散論」的一類，篇幅較少，均是短篇的評論文
字，包含有〈可愛的台灣人〉〈貪心的人類〉〈島嶼羅烈鳥〉〈綠豆哲
學〉〈轉外家〉〈家族的百寶箱〉等這幾篇。在這類作品中，江秀鳳
明白地寫出了她的社會觀與生命觀，精鍊的文字讀來雋永，字裏
行間皆是她對家鄉土地與生命的關懷。事實上，這類作品也是瞭
解江秀鳳思想與作品很好的起點。

總的來看，江秀鳳關照的層面是多元的，同時因為擁有溫暖
良善的心靈與細膩的眼光，成就了這麼多動人的散文作品，宛如
百花綻放，美不勝收。江秀鳳確實有散文創作的好條件。

考戰後台語文學自 1970 年代發皇以來，詩的創作呈現大蓬
勃，但優秀的台語散文作品相對上仍屬少數，這本散文集的出現
大大豐富了台語散文的視野，不容我們小看。我很高興能一睹為

快，並將她介紹給您。江秀鳳的散文是青春美麗的花園，絕對值得在您百忙的生活中駐足品味。細讀之餘，您將會猛然發現，這裏頭的回憶，其實正是你我共同的回憶，而這裏頭的情感，其實也正是你我共同的情感。

——2004/9/27

[序二]

厚厚人情味
—— 序《薰衣草姑娘》

◎吳忠耕 博士

(一)想起古早細漢時　厚厚人情味
　　永遠园置心肝裏　毋敢放袂記
　　阿嬤挈我去看戲　歡喜笑微微
　　上界懷念冬節暝　全家人團圓

(二)純潔百合芳玫瑰　薰衣草上嬌
　　充滿愛心佮慈悲　勇氣無比止
　　環山翠嶺來徛起　毋捌愁滋味
　　社會黑暗足無理　阮猶真幼齒

調寄〈望春風〉

目　次

【後記】

第一輯

一粒粽一世情

[台語]

一粒粽一世情

細漢的時陣，迭迭佮阿嬤去永和的「保福宮」看戲，阿嬤每擺攏會買粽互我食，置彼個年代，若毋是扛著五月節，想欲食一粒粽，實在無簡單，尤其是置寒人的暗暝，會凍食著燒燙燙的肉粽是眞滿足的代誌。逐擺對阿嬤的手裏接著燒燙燙的肉粽，鼻著芳貢貢的粽葉仔味，看著油洗洗的糯（chut⁸）米粒，圓滾滾的土豆仁，炒過的菜脯，猶閣有切甲一角一角的豆輪仔，互人看甲嘴瀾流三尺長，我總是一嘴仔一嘴慢慢仔嗒（tam），食完這粒粽了後，絕對無法度閣食第二粒，一粒粽置我的手裏迭迭會食半點鐘卡加。

我的個性恬靜老實昧烏白走，阿嬤特別愛 chhoa⁷ 我出門。阿公眞早過身，阿嬤少年就守寡，置我的腦海內無一點仔阿公的印象，卡早逐家生活普遍散赤閣勤儉，聽講阿公透世人毋捌歡過相！我連阿公生做啥款攏毋知影。

後來阿嬤得著白內障，過無偌久目睭就完全看無，因為行動無方便，毋捌閣出門過，嘛昧凍閣去廟口看戲，上濟干單坐置門口曝日頭爾爾，阿嬤食長齋，毋過伊上愛食粽，有時陣會置我欲去讀冊進前，偷偷仔提錢叫我放學了後替伊買粽轉來，我的冊包仔內底不管時攏有燒肉粽的芳味，阿母逐擺洗我的冊包仔，攏會

[華文]

一粒粽子一世情

小時候，常常和阿嬤去永和的「保福宮」看戲，阿嬤每次都會買粽子給我吃，在那個年代，如果不是遇上端午節，想要吃一粒粽子，實在很難，尤其是在寒冷的夜裏，能夠吃到熱騰騰的粽子是很滿足的事。每次從阿嬤的手裏接過熱騰騰的粽子，聞到香噴噴的粽葉香，看見油亮亮的糯米粒，圓滾滾的花生仁，炒過的蘿蔔乾，還有切成丁的豆輪，任誰看了都會垂涎三尺，我總是一小口一小口慢慢的嚼，吃完這個粽子之後，絕對無法再吃第二粒，一粒粽子在我手中常常可以吃半個鐘頭以上。

我的個性安靜乖巧不會亂跑，阿嬤特別喜歡帶我出門。阿公在很早以前就過世了，阿嬤很年輕就守寡，在我的腦海裏沒有任何阿公的印象，早期大家的生活普遍都貧窮勤儉，聽說阿公一輩子都沒有照過相！我連阿公長得什麼樣子都不知道。

後來阿嬤得到白內障，過不多久眼睛就完全看不見了，因為行動不方便，從此沒有出門過，也無法再去廟口看大戲，最多只能坐在門口曬曬太陽而已，阿嬤長年吃齋，但是她最喜歡吃粽子，有時會在我上學之前，偷偷的拿錢叫我放學後幫她買粽子回來，我的書包裏常常都會有粽子的香味，母親每次洗到我的書包時，都會問我同樣的問題：「你的書包裏面怎麼會有粽子的味

問我仝款的問題：「你的冊包仔內底哪有肉粽味？」毋免等我回答，阿嬤就昧輸做賊心虛搶咧講：「大概是便當的味啦！」阿母聽了，干單小可懷疑爾，毋捌認真追究，等後遍洗冊包仔的時，又閣問仝款的問題。

阮彼個年代的囡仔，無量尚錢通買四䬺（siu³）仔，會記得讀小學二年的時，有一擺考試考第二名，阿母頭一擺互我賞金，我放學的時，買一粒粽欲互阿嬤食，賣粽的阿伯仔用講要笑的口氣給我問：「阿妹仔，你買粽欲互誰食？」我給頭家講：「欲買互阿嬤食。」阿伯仔已經伸入去鉛桶保溫箱內底的手，忽然間擋恬，越頭過來，跍置伊的鐵馬頭前，徛佮我平懸相對相，目睭金金給我看，昧輸警察咧問犯人仝款：「你買一粒粽欲互阿嬤食，啊你家己欲食啥？」阿伯仔問起，我逐丫勢丫勢老實講：「因為我只有遮的錢，這是我考第二名，阿母賞我的獎金。」阿伯仔搓我的頭，那徛起來那噍噍唸：「每一個囡仔攏嘛買家己愛食的物件，哪有人會欲買互阿嬤食，有影佮人無仝的囡仔。」阿伯仔位鉛桶內底提兩粒粽互我，伊講欲收擔轉去食飯啊，加送我一粒粽，叫我愛趁燒緊提轉去互阿嬤食。毋過，阿嬤迭迭給我交代，毋通烏白提別人的物件，我再三推辭，阿伯仔逐起性地，講我若毋提去伊就欲受氣啊，我只好將兩粒粽囥置冊包仔內揹轉去。

轉到厝，直接走去阿嬤的房間，給兩粒粽提出來，將阿伯仔送粽的代誌，老老實實給阿嬤講，阿嬤想一下，對內衫衲袋仔底提出一包手巾仔，手巾仔一沿一沿拍開，對內底提銀角仔互我，叫我明仔載愛提去互賣粽的阿伯仔，阮兩嬤孫仔才安心享受彼大

道？」不必等我回答，阿嬤就好像做賊心虛般搶著說：「大概是便當的味道吧！」母親聽了，僅僅稍微懷疑而已，倒也不曾認真追究，等到下一次洗書包時，又問同樣的問題。

　　我們那個年代的小孩子，沒有多餘的零用錢可以買零食，記得我讀小學二年級時，有一次考試得到第二名，母親頭一回給我獎金，我放學的時候，買一粒粽子要給阿嬤吃，賣粽子的老伯用開玩笑的口吻問我：「阿妹仔，你買粽子要給誰吃？」我跟老闆說：「要買給阿嬤吃。」老伯忽然停止已經伸入鉛桶保溫箱裏的手，回過頭來，蹲在他的腳踏車前，用同樣的高度跟我對望，眼睛緊緊地盯著我看，好像是警察在審問犯人：「你買一粒粽子要給阿嬤吃，那你自己要吃什麼？」被老伯問起，我倒不好意思起來老實講：「因為我只有這些錢，這是我考第二名，母親賞我的獎金。」老伯摸摸我的頭，一邊站起來一邊自言自語著：「每一個小孩子都買自己愛吃的東西，誰會想到要買給阿嬤吃，真是和人家不一樣的小孩。」老伯從鉛桶裏拿出兩粒粽子給我，他說他要收攤回家吃飯了，多送我一粒粽子，吩咐我要趁熱趕快拿回去給阿嬤吃。但是，阿嬤常常交代，不可以隨便拿人家的東西，我再三推辭，老伯卻生起氣來，跟我說，如果我不肯拿他就要生氣了，我只好將兩粒粽子放進書包裏揹回去。

　　回到家，直接跑進阿嬤的房間，把兩粒粽子拿出來，並把老伯送粽子的事，老老實實的跟阿嬤報告，阿嬤想了一下，從內衣的口袋裏拿出一包手帕，手帕一層一層打開，從裏面拿零錢出來給我，叫我明天要拿去給賣粽子的老伯，我們婆孫倆才安心的享

粒閣飽仁的荣粽。

第二工，放學經過「保福宮」的時，專工給昨昏的肉粽錢提互賣粽的阿伯仔，阿伯仔頭先毋肯收，伊講我真乖，所以昨昏的粽是欲請我食的，毋過我一直給伊講，阿嬤講昧用得清采提人的物件，講甲伊無法度才收錢，對這擺起我就固定給這位阿伯仔買粽。

我佮阿嬤，食阿銀伯仔的粽遂食稠著，一禮拜上少愛食一、兩粒才會過癮，阿嬤的所費大部分攏開咧買粽，一直到伊過身為止。

即馬，阿嬤已經過身十幾多囉，我逐擺食粽的時陣，總是會去想著阿嬤佮阿銀伯仔。有一年我轉去母校領獎，經過「保福宮」的時，突然間看著有人咧賣肉粽，真自然互我想起阿嬤佮阿銀伯仔，我就行過去給賣粽的歐里桑探聽阿銀伯的下落，歐里桑真熱心給我報阿銀伯蹛的所在。領獎了後，我摜（koaN7）一籃水果直接去阿銀伯悠兜，置一條真細條的深巷仔內，看見阿銀伯坐置椅條仔頂咧食薰，伊看起來加真老，嘛加卡瘦，頭頂倩無幾枝毛，面肉加真黑，我行到阿銀伯頭前給叫：「阿銀伯！」伊相歸晡，才喝出我的名，同時伊的目睭內唅著目屎，無輾落來，伊歹勢歹勢企起來，行入去大廳大聲喝：「老的啊，老的啊，你緊出來，看是啥人來啊！」阿銀伯那喝那拭目屎，過一搭久仔，阿銀姆仔對內面行出來，伊目睭揉揉咧金金給我相，雄雄大喝一聲：「哎唷！阿鳳仔啦！你哪會遮有情？會曉來看阮。」阿銀姆仔牽我的手，案內我坐落來。阮互相講最近的生活，飲茶食土豆，回憶

受那又大又飽滿的素粽。

　　第二天，放學經過「保福宮」時，專程把昨天的粽子錢交給賣粽子的老伯，老伯起先不肯收，他說我很乖，所以昨天的粽子是要請我吃的，但是我一直跟他說，阿嬤說不可以隨便拿人家的東西，講到他沒辦法才收下錢，從這次開始我就固定向這位老伯買粽子。

　　我和阿嬤，吃阿銀伯的粽子吃到上癮了，一個禮拜最少要吃一、兩粒才會過癮，阿嬤的零用錢大部分都花在買粽子上頭，一直到她往生為止。

　　如今，阿嬤已經仙逝十幾年了，我每次吃粽子的時候，總會想到阿嬤和阿銀伯。有一年我回去母校領獎，經過「保福宮」時，突然間看到有人在賣粽子，自然就想起阿嬤和阿銀伯，我走過去向賣粽子的歐里桑打聽阿銀伯的下落，歐里桑非常熱心向我指引阿銀伯住的地方。領完獎後，我提一籃水果直接去阿銀伯他家拜訪，在一條很狹小的深巷裏，看見阿銀伯坐在長條椅上抽烟，他看起來老多了，也瘦了許多，頭上剩沒幾根毛，膚色也變得暗沉，我走到阿銀伯面前跟他打招呼：「阿銀伯！」他看了半天，才叫出我的名字，同時他的眼睛裏閃爍著淚水，並沒有掉下來，他靦腆地站起來，走進大廳大聲呼喚：「老的啊，老的啊，你緊出來，看是啥人來啊！」阿銀伯邊叫邊擦淚，過一會兒，阿銀伯母從裏面走出來，她眼睛揉一揉仔細打量我，突然大叫一聲：「哎唷！阿鳳仔啦！你哪會遮有情？會曉來看阮。」阿銀伯母牽著我的手，招呼我坐下來。我們互道最近的生活，喝茶吃花生，回憶

「保福宮」做大戲，三月二三，媽祖出巡的鬧熱情形，賣臭豆腐的
阿立伯仔，賣風吹的長彥兄，猶閣有當時彼個穿學生衫揹冊包，
頭殼頂綁兩條頭鬃的阿鳳仔，細漢時的點點滴滴攏浮置阮的目睭
前。講著阮阿嬤的時陣，逐家目墘攏紅紅，阿銀姆仔刁工轉話頭
問：「阿鳳仔，你會凍轉來幾工？」我講會凍蹛兩工，後日早起就
欲走啊，惢翁仔某送我到「保福宮」的大埕才停落來，阿銀姆仔牽
我的手，吩咐我若有轉來愛會記得來看惢。

　　第三工透早，阿母對燒燒的棉被內底給我挖起床，彼陣才六
點統爾，阿銀姆仔提一縮親手綁的素粽欲互我車頂食，因為毋知
影我坐幾點的車，恐驚我走去，才會透早就趕來阮兜。看阿銀姆
仔攑著燒燙燙閣咧蒸(chhing³)烟的燒肉粽，心肝內有講昧出來
的感動，兩蕊目屎踮伊面頭前輾落來，我那流目屎那講：「阿鳳
仔實在真罪過，互恁歸暝無眠，透暝綁粽互我食。」阿銀姆仔用
伊粗皮粗皮，帶有芳芳肉粽味的手為我拭目屎：「憨囡仔，難得
你閣會記得來看阮兩個老的，阮囝一年都罕得轉來一擺哦。」阿
銀姆仔欲離開的時，閣交互我一包物件，講是阿銀伯欲互我的。

　　坐置國光號車內，冷氣真強，手裏攬著阿銀姆仔送的肉粽，
芳貢貢猶溫溫仔，就敨(thau²)一粒粽來食，順手拍開阿銀伯送
我的包裹，原來內底是一本「剪貼簿」，掀開看著真面熟的剪報，
內底收集的攏是我平常時仔刊置報紙、雜誌頂頭的文章，大大細
細，長長短短，連刊登的日期佮第幾版攏註甲清清楚楚，我家己
的剪報攏無做甲遮厚工，甚至一寡有時效的文章，我攏無鉸落
來，阿銀伯收集比我家己閣卡齊全，掀咧掀咧，掀著阿嬤過身了

「保福宮」做大戲，三月二十三，媽祖出巡的熱鬧情況，賣臭豆腐的阿立伯，賣風箏的長彥哥，還有當時那個穿學生服揹書包，頭上綁著兩條辮子的阿鳳仔，小時候的點點滴滴全都浮現在我們眼前。講到我阿嬤的時候，大家都眼眶紅紅的，阿銀伯母故意把話題岔開：「阿鳳仔，你會凍轉來幾工？」我說會住二天，後天早上就要走了，他們夫婦送我到「保福宮」的大廣場才停下腳步，阿銀伯母拉著我的手，叮嚀我回來的時候一定要記得來看他們。

第三天清晨，母親把我從溫暖的被窩裏挖起床，那時才六點出頭而已，阿銀伯母拿著一串她親手包的素粽子要我帶到車上吃，因為不知道我搭幾點的車，又怕我跑掉，才會七早八早就趕來我家。看見阿銀伯母提著熱騰騰還在冒烟的粽子，心裏有說不出來的感動，兩行淚就在她面前落下來，我邊掉眼淚邊說：「阿鳳仔實在真罪過，互恁歸暝無眠，透暝綁粽互我食。」阿銀伯母用她長滿繭，香噴噴帶有粽子味的手為我擦眼淚：「憨囡仔，難得你閣會記得來看阮兩個老的，阮囝一年都罕得轉來一擺哦。」阿銀伯母要離開時，又交給我一包東西，說是阿銀伯要送我的。

坐在國光號的車內，冷氣很強，手裏抱著阿銀伯母送的粽子，香噴噴而且還溫熱著，當下解開一粒粽子來吃，順手打開阿銀伯送我的包裹，原來裏面是一本「剪貼簿」，翻開就看到十分眼熟的剪報，裏面收集的通通都是我平常刊登在報紙或是雜誌上的文章，大大小小，長長短短，連刊登的日期以及第幾版都註明得清清楚楚，我自己的剪報都沒有做得這麼詳細，甚至有些有時效性的文章，我都沒有剪下，阿銀伯收集的比我自己的還要齊全，

後寫的「阿嬤的舊相簿」，置這篇文章空白的所在，阿銀伯用華文兼日文寫出伊的感慨，互我看了心酸酸，目屎一滴一滴輾落來，即回代誌大條啊，肉粽的芳味置密密的車底攏味散，引起其他人客注目，即馬又閣提衛生紙咧拭鼻，害運將先生一直越頭看，我只好給「剪貼簿」合起來，將外套嵌置頭殼頂假影咧睏。

想昧到目睭一瞌起來，阿銀伯、阿銀姆俗阿嬤的面容一個一個清清楚楚印置我的目睭前，鼻水俗目屎遂控制袂稠 chhinn-chhinn chhng-chhng，心肝內咧想，用外套嵌稠啊，看昧著別人奇怪的眼光就無代誌，事實上根本無法度止哭。想昧到，有一個「阿啄仔」厚事屎，掀開我的外套給我問：「Miss. Are you all right？」阿嬤喂！你敢知？彼個時陣我一個面親像麵線糊全款，憨憨講昧出話。即馬給想，實在真見笑。

對彼陣開始，每年的五月節，毋管偌無閒，我攏會排除萬難，專工轉去看阿銀伯俗阿銀姆仔，逐擺阮查某囝親切叫怹「阿公、阿嬤」，抑是偎置怹身軀邊摁怩(sai nai)的時，我就看著阿銀伯俗阿銀姆仔嘴笑目笑。

一粒粽一世情，我永遠攏囥置心肝內，毋敢放昧記。

翻著翻著，翻到阿嬤往生後寫的「阿嬤的舊相簿」，在這篇文章空白的地方，阿銀伯用華文兼日文寫出他的感想，令我看了心酸難耐，眼淚一滴一滴掉下來，這回大事不妙啦，粽子的香味在密閉的車廂裏無法散開，引起其他乘客的注目，現在又抓著衛生紙擦鼻涕，害得司機先生不斷回頭看，我只好把「剪貼簿」合起來，把外套蓋在頭上假裝睡覺。

　　想不到眼睛一閉起來，阿銀伯、阿銀伯母以及阿嬤的面容一個一個清清楚楚地印在我的眼簾，鼻水和眼淚一時失控抽抽噎噎，心裏想，用外套蓋住了，看不到別人奇怪的眼光就可以了，事實上根本就沒辦法不哭。想不到，有一位多事的「阿啄仔(外國人)」，掀開我的外套問我：「Miss.Are you all right？」阿嬤喂！你知道嗎？當時我一張臉像麵線糊一般，傻傻的講不出話來。現在回想起來，眞是丟臉丟到家了。

　　從那時候開始，每年的端午節，不管多忙，我都會排除萬難，專程回去看阿銀伯和阿銀伯母，每次我女兒親切地喊他們「阿公、阿嬤」，或是依偎在他們身邊撒嬌時，我就會看見阿銀伯和阿銀伯母開心的笑容。

　　一粒粽子一世情，我永遠都會放在內心深處，不敢忘懷。

[台語]

懷念的冬節暝

　　會記得細漢的時，每擺若拄著過年過節，歸厝內的人，毋管是查甫、查某，抑是老人、囡仔，逐個人攏真無閒。雖然卡早的生活，普遍攏無富裕，平常時仔，若欲有一頓仔菜脯卵通配，就歡喜甲給厝邊、同窗展囉。

　　準若欲有魚有肉通食，就愛等到年仔節仔，抑是拜拜的時陣。過年過節雖然真無閒，毋過每一個人，嘴角攏嘛笑咳咳，親像娶新娘辦喜事咧，彼款心情，溫暖閣知足，真趣味。

　　逐年冬節的時，攏愛搓圓仔，代先給米浸水浸一暝，才閣磨做米奶，了後用大塊石頭 teh 踮椅條仔頂，用索仔縛互 an⁵，不時愛掀振動，互它逐位攏 teh 齊(chiau⁵)著，teh 互乾，安呢就會凍做粿 chhe³，搓圓仔。阿公、阿嬤、阿爸、阿母的手蹄仔卡大，一擺會凍搓三、四粒圓仔，踮手蹄仔搓互圓，就親像阿爸、阿母疼惜阮的心情，溫暖又閣貼心；父母飼囝的精神，大力驚捏(liap)扁，傷輕閣搓昧圓，彼款的體貼，是天下父母心的表現。

　　阮囡仔手遮呢細枝，一擺上濟兩粒就真敖(gau⁵)啊，有時陣誠皮，就踮遐捏尫仔耍，做一寡兎仔啦、豬啦、龜啦、土尫仔啦，一寡有的無的歸大堆。

　　尤其是阮遮的囡仔，迭迭攏無洗手，做出來的尫仔物佮圓

[華文]

懷念的冬至夜

記得小時候，每一次若遇到過年過節，全家人，不管是男人、女人或者是老人、小孩，每個人都非常忙。雖然早期的生活，普遍都不富裕，平日，如果有一餐蘿蔔乾炒蛋可以吃，就會高興的向左鄰右舍以及同學炫耀。

如果想要有魚有肉可吃，就要等到過年過節，或者是拜拜的時候。過年過節雖然很忙碌，不過每一個人，嘴角總是笑呵呵的，好像在娶新娘辦喜事，那種心情，溫暖又知足，很有意思。

每年冬至時，都要搓湯圓，首先要將米浸水浸一夜，才能磨成米漿，然後用大塊的石頭壓在長條木椅上面，再用繩子綁緊，時常要翻面，使它每一面都確實壓到，充分壓乾，這樣就可以做成麵團，搓湯圓。阿公、阿嬤、爸爸、媽媽的手掌比較大，一次可以搓三、四粒湯圓，放在手心搓圓，就像爸爸、媽媽疼惜我們的心情，溫暖又貼心；父母養子女的精神，太大力怕壓扁，太輕又擔心搓不圓，那種窩心，是天下父母心的表現。

我們小孩子的手這麼小，一次最多放兩粒就很棒了，有時候很調皮，就在那邊捏娃娃玩，做一些兔子啦、豬啦、烏龜啦、泥娃娃啦，一些有的沒的一大堆。

尤其是我們這些小孩子，常常沒有洗手，做出來的玩具和湯

仔，攏嘛是土沙粉。阿爸、阿母目睭卡金，看著就隨喝聲：「佗
一個猴囡仔，無洗手就搓圓仔，等咧煮好你愛家己食。」「青暝的
食圓仔」各人心內有數。結果，逐個囡仔聽著，攏趕緊給手舉起
來看看咧，了後閣給歸手的白粉拭置身軀，歸領衫拭甲白花花，
阿爸看著閣卡受氣，自安呢開聲大罵。害阮這陣囡仔逐冊知欲安
怎才好，憨憨企踮遐。

　　想著卡早的生活情景，雖然真艱苦，物質有卡缺欠，冊過真
有人情味；即馬的人，生活卡富裕，拄著過年過節才轉去厝裏，
攏嘛干單做陣拍麻雀、看電視爾爾，坐做夥嘛只有佮電視交陪，
身軀邊的人顛倒無話通講，想看覓，是冊是真悲哀？

　　想起卡早的多節暝，互我無限的溫暖佮懷念，佮阿爸、阿
母、兄弟姐妹鬥陣牽手的日子，有心酸嘛有目屎，有歡喜嘛有感
動，總是一枝草一點露，樸實多情的情景，我永遠記稠稠。

——1995.1.20《台灣語文研究社通訊》

圓，全都是泥沙粉。爸爸、媽媽眼睛比較亮，看見了就大聲喝道：「哪一個猴囝仔，沒洗手就來搓湯圓，等一下煮好你要自己吃掉。」「瞎子吃湯圓」各人心裏有數。結果，每個小孩聽到，都趕緊把手舉起來左看右看，然後又把整手的白粉擦在身上，整件衣服擦得白花花的，爸爸看到更加生氣，馬上破口大罵。害我們這群小蘿蔔頭不知道該怎麼辦才好，呆呆地站在那兒。

　　想到從前的生活情景，雖然很艱苦，物資嚴重缺乏，不過非常有人情味；時下的人，生活比較富裕，碰到過年過節才回去老家，都只是聚在一起打麻將、看電視而已，坐在一起只有和電視交流，身邊的人反倒無話可講，想看看，是不是很悲哀呢？

　　想到以前的冬至夜，給我無限的溫暖和懷念，和爸爸、媽媽，兄弟姐妹一起牽手的日子，有心酸也有眼淚，有歡喜也有感動，總是一枝草一點露，樸實又多情的情景，永遠銘記在心中。

食碗粿的時陣

逐工透早，天色微微仔光的時陣，就有一個老阿伯仔騎一台三輪車，置大街小巷賣碗粿。伊假若銅鑼的喝聲，給恬靜的暗暝叫醒，順續叫歸巷仔底的人起床。做功德順續做生理，實在有夠巧。

逐擺接著老阿伯仔手內彼碗燒燙燙的碗粿，心肝內就有一陣講昧出嘴的稀微。

細漢的時陣，阮兜蹛置山頂。阿母逐工著上山挽茶，落山做田，以外的時間，閣愛撿（khioh）柴轉來熊（hiaN⁵）火，散穡了後，著先旋（seh⁸）去菜園挽草、沃肥，順續挽一寡家己種的青菜轉來煮暗頓。阿母歸年 thang³ 天親像干樂全款，無一時閒。

一半擺仔，若拄著落雨天，毋免出去做穡，阿母嘛愛修補一大堆的破衫、破褲，有的是鈕仔落去，有的是裂線節（choe⁷），上慘的是補破孔的，彼就愛另外鉸一塊布給貼起來，然後用針線綻（thiN⁷）起來。阿母綻衫的時陣，我時常置邊仔鬥穿針線，看著阿母認真綻衫的態度，我心肝內迭迭咧想，阮老母真偉大，親像一個萬能的總舖師，啥物空課攏會曉，天腳下的代誌假若無一件伊昧曉的。

若拄著豐收的季節，阿母會趁落雨天，舀一寡米來浸水，等

[華文]

吃碗粿的時候

　　每天清晨，天色朦朦亮的時候，就有一個老伯伯騎一台三輪車，在大街小巷叫賣碗粿。他有若銅鑼的叫賣聲，把恬靜的黑夜叫醒，順便叫全巷子的人起床。做功德順便做生意，實在很會精打細算。

　　每次接過老伯伯手裏那碗熱騰騰的碗粿，心中就會出現一陣說不出來的思緒。

　　小時候，我們家住在山上。母親每天都要上山採茶，下山種田，以外的時間，還要撿柴回來燒，下工之後，還得先彎去菜園除草、澆肥，順便摘些自己種的青菜回來煮晚餐。母親一年到頭就像陀螺一般，不曾閒過。

　　偶爾，若是遇到下雨天，不能出去做工，母親也要修補一大堆的破衣褲，有的是鈕扣掉了，有的是衣襟裂開，最糟糕的是補破洞的，那就得另外剪一塊布貼起來，然後用針線細細縫補。母親縫衣服的時候，我時常在身邊幫忙穿針線，看到母親認真縫衣服的態度，我心裏常常在想，我媽媽好偉大，就像是一個萬能的大廚師，什麼工作都難不倒她，天下的事好像沒有一件她不會的。

　　如果遇到豐收的季節，母親會趁著下雨天，舀一些米來泡

米浸軟了後，才叫阿姐用杓(khat)仔舀米倒入去石磨仔內底，阿母出力給石磨仔揀(sak)振動，石磨仔的水溝會流出白色的米奶，親像厝後壁的泉水仝款，一直流入去水桶內面，互阮這陣囡仔看甲目睭出火金姑，嘴瀾流甲三尺長，彼白甲假若牛奶的米奶汁，帶互阮無限的希望。阿母看著阮閃熠發光的目睭，拭掉額頭頂的大粒汗細粒汗，歡喜甲笑咪咪。

這個時陣，阿兄早就置灶腳的大灶頂頭熊滾水囉，置等磨好的米奶通好落鼎，我嘛會給厝內底所有的大塊碗、細塊碗，毋管是深的抑是淺的，缺嘴的抑是破角的，攏總搬出來洗互清氣，通好使用。

等阿母給所有的吃奶力攏用出來，將一大桶磨好的米奶攢入來灶腳，阿姐就緊給米奶舀入去大大細細的碗內底，我企置中央一碗一碗捧互阿母，阿母腳手真緊，一手接我捧互伊的碗落鼎，一手閣愛置每一塊碗內底撓(la⁷)撓咧，互碗粿會凍齊勻、Q軟。

阿母講，炊碗粿的時陣，米佮水一定愛掠互拄拄仔好，水若傷濟，碗粿就昧結碇，米若傷濟，碗粿炊起來碇悾悾無好食；做人嘛是仝款，若毋讀冊，後擺就無智識，是非不分，若昧曉做稽，就欠缺社會經驗；所以讀冊雖然真重要，學做稽嘛真要緊。

聽完阿母的大道理了後，燒燙燙、軟摻(sim³)摻，芳閣Q的碗粿嘛炊熟啊。這陣囡仔毋驚燒燙燙的碗粿，逐家你一碗我一碗，那歕(pun⁵)那食，食甲嘴笑目笑蓋歡喜，阿母看著厝內每一個人滿足的笑容，家己嘛歡喜甲微微仔笑。雖然外口的雨猶原落

水，等米泡軟之後，才叫姐姐用杓子舀米倒入石磨裏，母親用力推動石磨，石磨的水溝會流出白色的米漿，好像屋後的泉水那般，一直流入水桶裏面，讓我們這群小孩看得眼睛直發亮，垂涎三尺，那白得像牛奶的米漿，帶給我們無限的希望。母親看到我們閃爍發光的眼睛，擦掉額頭上的大小汗珠，高興得笑咪咪。

這時，哥哥早就在廚房的大灶裏頭燒開水了，正在等磨好的米漿下鍋，我也會把家裏所有的大碗、小碗，不管是深的、淺的，缺角的或是微裂的，通通搬出來清洗乾淨備用。

等母親使盡力氣，把磨好的一大桶米漿提往廚房，姐姐就會趕緊把米漿舀進大小不一的碗裏，我站在中間一碗一碗遞給母親，母親手腳俐落，一手接過我遞給她的碗迅速入鍋，一手還得在每一個碗裏頭攪動，讓碗粿能夠均勻、鮮嫩。

母親說，蒸碗粿的時候，米和水的量一定要恰到好處，水若太多，碗粿就不會凝固，米若太多，碗粿就會太硬不好吃；做人也是一樣，倘若不讀書，將來沒有知識，難辨是非，如果不會做事，就缺乏社會經驗，所以讀書固然重要，學習做事也很重要。

聽完母親的大道理之後，熱呼呼、軟綿綿，又香又 Q 的碗粿已蒸熟。這群孩子不怕滾燙的碗粿，大家你一碗我一碗，邊吹邊吃，吃得眉開眼笑很知足的樣子，母親看見家裏每一個人滿足的笑容，她自己也高興得淡淡的笑了起來。雖然屋外依然下著大雨，在這時聽來，好像是大自然美妙的音樂似的，十分動聽。邊吃碗粿，邊聽音樂，感覺嘴裏暖暖的，心裏也暖暖的。

如今，母親的容顏不再，每當手中捧著熱騰騰的碗粿，就會

眞大，置這個時陣給聽起來，親像大自然美妙的音樂仝款，眞好聽。有碗粿通食，閣有音樂通好聽，感覺嘴內燒烘烘，心肝內嘛眞溫暖。

即馬，阿母的音容已經無底看，逐擺手若捧著燒燙燙的碗粿，就會想起卡早，庄腳的灶腳佮阿母炊碗粿時微微仔笑的表情。

——1996 年得著第二屆台灣文學創作獎優選

想起從前，鄉下的廚房和母親蒸碗粿時微笑的表情。

——1996.6.18《國語日報》第 6 版

[台語]

阿薰的蕃薯

　　查某囝的朋友阿薰送阮一袋蕃薯，彼是悤兜家己種的。盈暗，我咧削蕃薯的時陣，去想著細漢時，阮蹛置山頂，只有一寡茶園佮一片大和地的相思仔林；阮無田地，歸年 thang³ 天辛苦所得，用茶青佮火炭換來的白米，干單有夠阮一家口仔中畫 chah 便當，早頓毋食糜的客人，親像阮這款家庭，有兩頓愛食蕃薯摻飯，蕃薯定著比飯卡濟，阿兄添飯的時，會給蕃薯撥開揀飯來添，互阿爸、阿母看著了後，就不准伊閣添飯，自安呢添飯的空課就換阿姐做。

　　會記得阮細漢讀冊的時，早起五點就愛起床，吊尾仔的我，敖趒閣愛哭，迣迣逮昧著阿兄、阿姐，逐擺攏那行那哭，閣一直叫阿兄、阿姐等我，尻查某囝生成食卡有奶，適(su³)常聽著阿母對豬槽彼爿喝聲，叫阿兄、阿姐等我，我自安呢變做悤的負擔，一個愛哭閣愛逮路的小妹，時常變做悤朋友誂洗的對象，我變甲足無人緣，干單置厝內有阿母通倚靠，讀冊的路中，我猶原是一個那行那哭閣逮昧著陣的愛哭神，歸路一直喝：「哥，等我啦。」伊一聽著我的哭聲就煩死啊，苦昧凍離我卡遠咧，哪有可能等我？阮無鞋通穿，毋管是落霜的日子，抑是出日的透中畫，阮攏愛用真皮的腳，踏置冷霜霜的山路佮水底，腳底必巡流血，

[華文]

阿薰的蕃薯

　　女兒的朋友阿薰送我們一袋蕃薯，那是他們家自己種的。今晚，我在削蕃薯的時候，想起小時候，我們住在山上，只有一些茶園和一片大和地的相思林；我們沒有田地，一年到頭辛苦所得，用茶葉和木炭換來的白米，僅僅夠我們一家子中午帶便當，早餐不吃粥的客家人，像我們這種家庭，有兩餐一定得吃蕃薯摻飯，蕃薯一定比飯還要多，哥哥添飯時，會把蕃薯撥開揀飯來添，讓爸媽看到後，就不准他去添飯，從此添飯的工作就落到姐姐身上。

　　猶記得我們小時候讀書時，早晨五點就得起床，年紀最小的我，動作慢又愛哭，時常跟不上哥哥姐姐，每次都邊走邊哭，還一直叫哥哥、姐姐等我，小女兒本來就比較會撒嬌，常常聽到母親從豬舍那邊喊叫，叫哥哥、姐姐等我，我自然就變成他們的負擔，一個愛哭又愛跟的小妹，時常變成他們朋友的笑柄，我變得很沒人緣，除了在家裏有母親可以撐腰之外，在上學途中，我仍然是一個邊走邊哭又跟不上腳步的愛哭鬼，整路一直叫：「哥，等我啦。」他只要聽到我的哭聲就煩死了，恨不得離我遠一點，哪有可能等我？我們無鞋可穿，不管是下霜的日子，或是出太陽的正午，我們都得用真皮的腳，踏在冷冰冰的山路和水裏，腳底

嘛無人同情；熱人中晝溪仔邊的石頭，昧輸拄才烘肉過全款，燒
甲昧講得。落山過溪，行鐵枝路，行到學校大約七點外，即馬想
著這條路程宛那會驚，彼陣仔生做矮閣瘦的我，毋知安怎會堪得
行遮遠的路？

　　阿姐大我四歲，會記得伊逐工放學了後的固定空課就是削蕃
薯；干單三頓欲食的，伊就削甲目屎流目屎滴，一家口仔十外個
人欲食，猶閣有狔牲仔欲食，曝干的無算在內，一多三百六十五
工，逐工攏愛削蕃薯，誠實會削甲手軟，到這陣猶原是阮阿姐的
噩夢。

　　手提蕃薯想著少年時，無米通落鼎的日子，無菜通配的時，
大人行去街仔需要兩點鐘，毋那無錢買肉，阮蹛置山城，買魚仔
閣卡無可能，過年過節才有肉通食，愛感謝神明保庇，因為拜拜
的關係神明致蔭才會凍食肉，毋過無一定有魚，阿母講無魚用鴨
卵代替鬥牲禮嘛會使；阿爸去街仔糴(tiah⁸)米，大部分攏會閣
chah 土豆轉來，暗頓的桌心迭迭是一盤鋪甲薄──薄薄的土
豆，佮阿母親手種的青菜，無油無臊是適常的代誌；我彼陣傷細
漢，毋知影無油阿母欲安怎煮菜互阮食？印象上深是有一工早
起，阮兜的雞母生一粒卵，阿母將卵濫一堆菜脯落去煎，成做
「菜脯卵」，阮一陣囝仔沿路行沿路展，講阮今仔日 chah「菜脯
卵」，這件代誌傳甲歸莊頭攏知影，彼暗我有看見阿母暗暗仔流
目屎。

　　阮種茶佮燒火炭，茶佮火炭出產的時，有人來大街仔路收茶
青抑是火炭，我佮阿兄、阿姐早起上課的時，隨人攏愛夯火炭出

龜裂流血，也沒有人同情；夏天中午溪邊的石頭，好像有人剛烤過肉的樣子，燙到不行。下山涉水，走鐵軌，走到學校大約七點多，現在想到這條路程仍舊會害怕，那時我長得又瘦又矮，不知怎麼能夠走這麼遠的路？

姐姐大我四歲，記得她每天放學後的固定工作就是削蕃薯；單單三餐要吃的，她就削到淚流滿面，一家子十多個人要吃，還有畜牲要吃，曬乾的不算在內，一年三百六十五天，每天都要削蕃薯，真的會削到手軟，到如今仍是姐姐的噩夢。

手拿蕃薯想到童年，無米可下鍋的時候，沒菜可吃的日子，大人走到街上需要兩個鐘頭，不只沒錢可以買肉，住在山城的我們，買魚更是奢侈的事，除了過年過節有肉可吃，那得感謝神明保佑，因為拜拜的關係神明保佑才有肉可以吃，但是不一定有魚，母親說沒有魚用鴨蛋代替湊牲禮也可以；爸爸去街上買米回來，大部分都會帶花生米回家，晚餐的主菜常常是一盤舖得薄薄的花生米，以及母親親手種的青菜，沒有油是常有的事；我那時還太小，不知道母親沒有油要怎樣煮菜給我們吃？印象最深的是有一天早上，我家的母雞生了一顆蛋，母親把這顆蛋煎一堆蘿蔔乾，成為「菜脯卵」，我們這群孩子沿路向人炫耀，說我們今天帶「菜脯卵」，這件事傳遍整個村落，那夜我看見母親黯然淚下。

我們種茶葉和燒木炭，茶葉和木炭生產時，有人會來大馬路收生茶葉或是木炭，我和哥哥、姐姐早上上課時，每一個人都得扛木炭到山下的大馬路，不然就要挑茶葉到街上過磅，母親用報紙包一枝「馬腳」給我扛，本來就跟不上別人腳步的我，肩膀上還

街仔路，若無就愛擔茶菁去街仔路磅，阿母用報紙包一枝「馬腳」
互我夯，我本成就逮人昧著，肩胛頭閣夯一節火炭，行無幾步，
就愛對肩胛頭夯落來歇睏一下，等我閣夯起哩的時，阿兄佮阿姐
早就毋知行去佗位，我只好那行那哭一直叫您等我；落尾等我大
漢，若有人嫌我生做遮矮，我攏會講是我細漢的時，替阿爸夯火
炭，互火炭 teh 甲昧大漢。阮姐姐比我卡可憐，我一年，伊五
年，姐姐是阮「樟樹林」出名的美人，五官明顯，目睭大蕊，面肉
閣白，山頂的囡仔真少白肉的，致使阮阿姐成做上嬌的「偶像」，
阮彼條水的查甫囡仔攏恰意阮阿姐，阮兜蹛置山頂尾溜，半山腰
佮山腳的厝邊大部分攏有田通種，毋免擔茶菁、夯火炭，衆人心
目中的嬌姑娘仔(阮姐姐)，上討厭擔茶菁抑是夯火炭的時去互同
學看著，尤其是伊恰意的查甫囡仔，迭迭會起性地佮阮老母計
較，毋過，不管安怎計較嘛無采工，厝裏所有的頭嘴，一個都走
閃昧去，連我遮呢細漢嘛愛鬥做。

　　食蕃薯的日子，雖然艱苦，毋過厝邊頭尾攏真互相，頂厝下
厝有啥好歹事，逐家攏自動偎來鬥相共；阮老母煮食的手藝昧
歹，喜事的時，厝邊會請伊發落菜單，牽新娘講四句聯仔；辦喪
事的厝邊會請伊去鬥弔麻(綻孝服)，弔麻有真大的學問，孝男、
長孫(重孝愛穿粗麻、草鞋)、孝女(嫁出的查某囝，佮猶未嫁的
穿插無仝)、新婦(父母無置咧嵌頭愛倒摒穿號做『見骨』；父母有
置咧穿正面)、囝婿、契囝、契查某囝(頭戴愛貼紅)、內孫、外
孫、姪仔、外甥仔所穿的孝服佮頭戴攏無相仝，弔麻的人，除了
愛知影遮的典故，閣愛了解客人的風俗，實在無簡單！阮搬去台

要扛一節木炭,走不到幾步,就要從肩膀上卸下來休息一下,等我再放回肩頭時,哥哥、姐姐早就不知去向,我只好邊走邊哭一直叫他們等我;後來長大時,如果有人嫌我長得矮,我都會告訴人家是因為我小時候,幫爸爸扛木炭,被木炭壓得長不大。我姐姐比我更可憐,我一年級,她五年級,姐姐是我們「樟樹林」出名的美女,五官明顯,眼睛明亮,皮膚細白,山上的孩子很少有白皮膚的,因此我姐姐成為最漂亮的「偶像」,我們那條溪的男孩子都喜歡我姐姐,我家住在山頂上,半山腰以及山腳下的鄰居大部分都有水田,不必挑茶葉、扛木炭,人人心目中的美姑娘(我姐),最討厭挑茶葉或是扛木炭時被同學看見,尤其是她喜歡的男孩子,常常會生氣跟我母親抱怨,可是,不管怎麼計較也沒用,家裏所有的人力,誰都躲不掉,連我年紀這麼小都要幫忙工作。

吃蕃薯的日子,雖然辛苦,不過左鄰右舍互相照顧,有什麼婚喪喜慶,大家都會自動來幫忙;我母親烹飪的手藝不錯,辦喜事時,鄰居會請她去幫忙設計菜單,牽新娘子講四句聯;辦喪事的鄰人會請她去幫忙弔麻(縫孝服),弔麻有很大的學問,孝男、長孫(重孝要穿粗麻、草鞋)、孝女(嫁出的女兒,和未出嫁的穿法不同)、媳婦(父母不在的頭蓋要反著穿叫做『見骨』;父母健在的要穿正面)、女婿、義子、義女(頭戴要貼紅布)、內孫、外孫、姪子、外甥所穿的孝服和頭戴通通不一樣,弔麻的人,除了要熟知這個典故,還得了解客家人的風俗,實在不簡單!我們搬去台北之後,阿嬤往生時,左右鄰居都把大門關起來,還叫家裏

北了後，阿嬤過身，厝邊頭尾攏給大門關起來，閣叫厝內的囡仔昧使出來，無人來鬥相共，阿母叫我趕緊去厝邊的門頭貼紅紙，彼擺孝服猶原是阮老母指揮，干單我佮阿嫂咧綻（thiN⁷）爾爾。

食著阿薰怹兜種的甜閣鬆的蕃薯，互我想著過去流汗、流目屎的日子，無米通食的時，食蕃薯過頓無稀罕，挂著風颱做大水的季節，菜園互風颱吹去、互大水沖走，連蕃薯都無通食，彼陣腹肚飫甲昧輸非洲難民，莊內每一個囡仔攏撐一粒圓滾滾的腹肚；食生蕃薯過頓是適常的代誌，若準有蕃薯簽摻昭和草通食，就已經足幸福啊！

台中是溫暖的所在，阿薰迭迭送阮濟濟怹家己種的蕃麥、蕃薯佮青菜，有時嘛會送家己做的點心；樓頂的秀梅時常送阮金瓜、旺梨、菜花干、青菜、水果佮點心等等。台中真有人情味，互阮感受著人佮土地的熱度，多謝阿薰送阮遮濟蕃薯，互我想著濟濟埋置心肝內的故事。

【後記】阮七年級的查某囝，聽阮講這篇故事的時，給我講，媽，恁彼個時陣哪有可能無肉通食？你毋是寫講，恁老母置豬槽邊喝恁阿兄、阿姐愛等你，恁兜有飼豬，哪有可能無豬肉通食？恁大人攏是咧講古，干單騙囡仔會曉！

的小孩不可以出來，沒有人來幫忙，母親吩咐我趕緊去鄰居門口貼上紅紙，那次的孝服也是母親指揮完成的，只有我和嫂嫂幫忙縫而已。

吃著阿薰他家種的又甜又鬆的蕃薯，使我想起過去流汗、流淚的日子，無米可炊時，吃蕃薯不稀罕，遇到颱風做水災的季節，菜園被颱風刮走、被水沖走時，連蕃薯都沒得吃，那時饑腸轆轆的情況不會輸給非洲難民，村子裏每一個孩子都挺著一粒圓滾滾的肚子；吃生蕃薯過一餐也是稀鬆平常的事，如果有蕃薯簽和昭和草可吃，已經是很幸福的事了！

台中是溫暖的地方，阿薰常常送我們很多他家種的玉米、蕃薯和青菜，有時也會送我們自己做的點心；樓上的秀梅時常送我們南瓜、鳳梨、花菜乾、青菜、水果和點心等等。台中很有人情味，讓我感受到人和土地的熱度，謝謝阿薰送我們這麼多蕃薯，使我想起這麼多埋在心裏的故事。

【後記】我七年級生的女兒，聽我說這篇故事時，跟我說，媽，你們那時候怎麼可能沒有肉吃呢？你不是寫道，你媽媽在豬舍那邊叫你哥哥、姐姐等你，你們家有養豬，哪有可能沒豬肉可吃？你們大人都是在編故事，只會騙小孩子而已！

[台語]

故鄉的高接梨

對我來講，食果子比食飯卡有趣味；食果子，是人生的一大享受。

台灣天氣燒和所致物產豐富，四季果子大出，台灣的果子逐項我攏愛食，若一定愛我選，我會揀——高接梨，會選擇這種特殊的水梨仔，當然有特別的理由，彼是因爲阮兜祖厝三合院的厝後有種一園高接梨，自細漢我就迢迢佮叔伯兄弟姊妹置梨仔樹腳蹔跎。

寒人的時陣，梨仔葉落歸園，阮上愛踏置窸窸窣窣的乾黃葉仔頂頭，聽葉仔喝疼的聲音，彼是大自然上淸脆的樂章，這種聲音迢迢伴我入眠，彼是土地的呼聲，親像守護神全款；細漢的時，我立志欲做科學家，一工到暗提著幻（ham³）鏡四界鑽，蕉黃乾燥的梨仔葉，是聚光上好的材料，嘛是上緊引火的素材，白煙裊（liau⁵）裊仔蒸（chhing³）起來的時，我的心亦逮（toe³）咧輕芒（bang²）芒飛起來，看著火焰燒起來，會感覺眞有成就感，昧輸家己是一位成功的科學家，自信滿滿！

冷風陣陣的過年時，厚厚的棉仔衫包甲我若肉粽咧，行路誠無自在，園裏的梨仔樹逐一叢一叢莩（puh）出新穎（iN²），青凌凌發光的幼芽發甲滿枝椏（ue），展現旺盛的生命力。過年後，阿

[華文]

故鄉的高接梨

對我來講，吃水果比吃飯還要有趣；吃水果，是人生的一大享受。

台灣氣候溫和因此物產豐富，四季盛產水果，台灣的水果每一樣我都愛吃，如果要我選擇的話，我會選——高接梨，會選擇這種特殊的水梨，當然有特別的理由，那是因為我們家祖厝三合院的後山有種一園高接梨，從小我就常常和堂兄弟姊妹在梨樹下玩耍。

寒冷的冬天，梨葉掉落滿園，我最愛踏在窸窸窣窣的乾黃葉子上面，聽葉子喊痛的聲音，那是大自然最清脆的樂章，這種聲音常常伴我入眠，那是土地的呼喚聲，就像守護神那般；小時候，我立志要當科學家，一天到晚拿著放大鏡到處鑽，蕉黃乾燥的梨葉，是聚光上好的材料，也是最容易燃燒的素材，白煙裊裊升起來的時候，我的心也跟著輕飄飄地飛起來，看著火焰燒起來時，有種驕傲的成就感，自己就像是一位成功的科學家，自信滿滿！

春寒料峭的過年時節，厚厚的棉襖把我全身上下包得像粽子似的，連走路都不自在，園裏的梨樹卻一棵一棵蹦出新芽來，綠油油會發光的新芽長滿枝頭，展現旺盛的生命力。過年之後，伯

伯就將紅色的塑膠布,纏置樹仔頭做接枝的空課,到三月時,白色的花蕊親像煙火安呢衝破樹根展嬌媚,歸座梨仔園互遮愛耍的花蕊,染甲五花十色鬧熱滾滾,白色的梨仔花、青色的新葉佮紅色的塑膠布,滿園紅白插青交織的畫面,成做一幅色彩豐富的春天。

看著梨仔花凋凍(ta lian)結果,幼梨仔一粒一粒長大、入袋到黃熟,看著阿公佮阿爸對水梨仔辛苦付出,互我自細漢就毋敢凊采蹧躂黃熟佮未熟的果子,嘛毋敢凊采蹧躂任何會食的物件,高接梨佮我的生命一直相牽連。

親手對樹頂挽落圓潤潤的梨仔,手蹄仔沈(tim³)斗的重量,互人厚厚的鄉土味,我輕輕仔剝掉紙 lok 仔,置衫裏拭拭咧,大嘴大嘴就給咬落去,高接梨酸酸甜甜的蜜汁,置我的嘴舌流轉,置嚨喉發酵,一路順風到腸仔腸肚,我深深相信這款清泉、這種甘露,只有這塊土地,這個園裏才種會出來;一嘴接一嘴,一粒續一粒,置園裏食梨仔食到飽是適(su³)常的代誌。

秋風微微仔吹,梨仔園內棚架成林,溫暖的下晡時倒置樹仔腳眞舒適;有一擺,置梨仔園內睏去,厝裏揣無人轉去食飯,山溝林內四界揣,厝前厝後田園溪尾四箍輪轉攏去揣,揣眞久才置梨仔叢腳,揣著倒置返眠的我,一陣人亦好氣亦好笑;大漢了後,囡仔時陣的往事,遂成做家族之間過年過節飯後飲茶的笑談。

高接梨是我對細漢食甲大漢的果子,它對我來講,有故鄉的思念佮土地的經驗,彼種感覺親像故鄉的序大全款,單純閣實

父就用紅色的塑膠布，纏在樹枝上做接枝的工作，到三月的時候，白色的花朵像煙火般衝破枝芽展開容顏，整座梨園被這些調皮的花朵，薰染得五花十色繽紛熱鬧，白色的梨花、綠色的新葉和紅色的塑膠布，滿園紅白青綠交織的畫面，成就了一幅色彩豐富的春天。

看著梨花凋謝結成的小果子，由幼梨一粒一粒長大、入袋到熟透，看見阿公和阿爸為水梨辛苦付出，使我從小就不敢隨便踐踏成熟或尚未成熟的果子，同時也不敢隨意浪費任何能吃的食物，高接梨和我的生命一直相牽繫。

親手從梨樹上摘下圓滾滾的高接梨，手心滿足踏實的重量，讓人有一種濃濃的鄉土味，我輕輕剝掉紙袋，在衣服上來回擦拭，就大口大口咬下去，高接梨酸酸甜甜的蜜汁，在我的口舌間流轉，在喉嚨裏發酵，一路順暢到腸胃裏，我深深相信這樣的清泉、這種甘露，只有這塊土地，這個園子裏才種得出來；一口接一口，一粒接一粒，在園裏吃水梨吃到飽是常有的的事。

秋風微微吹來，梨園內棚架成林，溫暖的午後倒在梨樹下納涼最舒服；有一次，在梨園裏面睡著了，家裏的人找不到我回家吃飯，山溝林內到處尋找，屋前屋後田園溪尾四處尋覓，找很久才在梨樹下，找到躺在那兒睡覺的我，讓一群人好氣又好笑；長大後，兒時的往事，竟然成為家族之間過年過節茶餘飯後的笑談。

高接梨是我從小吃到大的水果，它對我來說，有故鄉的思念和土地的經驗，那種感覺就像故鄉的長輩一樣，單純又實在，思念的時候，我會走到街上去買高接梨來吃，順便一解思鄉之苦，

在,思念的時陣,我會走到街仔去買高接梨來食,順續解消思鄉的苦楚,毋過,若毋是高接梨出產的季節,根本揣無它的影跡,人咧飫鬼的時,真容易揣別項物件塞嘴孔,我會買西洋梨抑是廿世紀梨來補嘴孔;講實在話,西洋梨佮廿世紀梨,比阮庄腳的高接梨卡甜閣卡有水份,不二過,無論恁偌呢仔甜蜜好食,我總是無法度昧記得庄腳的高接梨酸酸甜甜的滋味,猶閣有細漢時的種種甜蜜回憶。

阿母迭迭講:「做人愛會曉飲水思源,食果子愛會記得拜樹頭。」即馬我雖然置他鄉外里,心肝底不管時想著故鄉的親晟佮土地的芳味。

但是，如果不是高接梨出產的季節，根本找不到它的蹤影，人在嘴饞的時候，很容易會找代替的東西塞嘴巴，我會買西洋梨或者是廿世紀梨來替代；說真的，西洋梨和廿世紀梨，比起我們鄉下的高接梨較甜也較有水份，不過，無論他們多麼甜蜜好吃，我總是無法忘記鄉下的高接梨酸酸甜甜的滋味，還有小時候種種的甜蜜回憶。

母親常常說：「做人要飲水思源，吃果子要記得拜樹頭。」現在我雖然住在外鄉，心中無時無刻都惦記著故鄉的親戚和土地的味道。

[台語]

後庭春色

921 大地動的時陣，阮兜後庭彼幾間矮厝仔全部倒去，厝頂崩去，樑歪厝倒柱仔斷了了。一年了後，厝主才請工人來拆厝，了後，每工起床，對後窗看過，看著一片空空空的空地仔，心肝內真正艱苦。有一暫仔，根本無勇氣面對彼片空地仔；921 進前，阮上欣羨後庭矮厝仔傳來烘肉的芳味佮大大細細的笑聲，黃昏時攏會凍聽著囡仔嘻嘻哈哈的吵鬧聲。

兩個月後有一工，聽見厝後傳來隆隆叫的吊車聲，偎窗看過，彼片空地當咧起鐵厝，上樑嵌厝頂，請吊車來吊。無意中發現空地仔另外一爿，毋知東時已經種一大片青凌凌的青菜，規規矩矩置遐排列，蕃麥、芹菜、芥(koa³)菜，一壟一壟齊齊舖排。

了後，彼片綠地就成做我的後台景觀。

日落黃昏時，一隻黑狗 chhoa⁷ 一隻花貓，置菜園仔行踏，親像巡邏的警察全款，展英雄氣慨保護這片土地。有時陣拄著三兩隻蝶仔，黑狗就親像咧掠逃犯全款，拚命那跳那掠，毋過，逐擺攏無結果，無輸贏。

不管時攏看著三、四個身懸差不多的查甫囡仔，騎鐵馬置後面的空地仔相逐(jiok)蹉跎，有時陣嘛會給鐵馬騎入去厝內才閣衝出來，有時置菜園內面揣竹節蟲、掠草蜢仔、hop 蝶仔。其

[華文]

後庭春色

921 大地震的時候，我家後院那幾戶平房全部塌陷，屋頂崩塌，樑柱傾斜斷裂。一年後，屋主才請人來拆除，之後，每天起床，打後窗望去，看見一片空盪盪的空地，心中不免唏噓。有一陣子，根本沒有勇氣面對那片空地；921 之前，我們最羨慕後院平房傳來的烤肉香和大大小小的笑聲，黃昏時分均可聽到兒童嘻嘻哈哈的打鬧聲。

兩個月後的某一天，聽見屋後傳來隆隆的吊車聲，臨窗望去，那片空地上正在蓋鐵皮屋，上樑蓋屋頂，請吊車來吊。赫然發現空地的另一邊，不知何時已經種了一大片綠油油的青菜，井然有序地排列，玉米、芹菜、芥菜，一行一行整齊鋪排著。

之後，那片綠地就成了我的後台景觀。

黃昏日暮時，一條黑狗帶著一隻花貓，巡走在菜園行間，儼然像巡邏治安的警察般，雄糾糾氣昂昂的保護著這片土地。偶爾遇到三兩隻蝴蝶，黑狗就像是捉逃犯般，拼命跳躍高撲，可是，每次都不了了之。

經常見到三、四位身高差不多的男孩，騎著腳踏車在後面的空地上追逐嬉鬧，有時也會把腳踏車騎入屋內再衝出來，有時在菜園裏覓竹節蟲、捉蚱蜢、撲蝴蝶。其中，有一位小男孩，每次

中,有一個查甫囡仔,每擺攏 chhoa^7 小妹鬥陣來遮,怹小妹是一個哭包,無論是雞規仔飛走去,抑是置茱園內無平的所在跋倒,三不五時攏會聽著伊咧哭,看著阿兄眼神充滿百般的無奈,阿兄的同伴無歡喜佮不耐煩的表情。就想起我細漢的時陣,纏阿兄阿姐出去蹉跎的情景。

我細漢的時陣,矮肥短的身材,適(su^3)常逮(toe^3)昧著阿兄阿姐的腳步。蹛置苗栗山城的囡仔,掠竹筍姑(竹筍蟲的幼蟲,含豐富卵白質)、撿(khioh)油桐花、挽野草莓,阿兄閣會爬起樹仔頂,偷提獵鴉(老鷹)的卵轉去厝裏食,若是拄著獵鴉(hio^7)回巢(siu^7)的時陣,就會互牠利劍劍的嘴佮爪抓著傷,甚至目睭嘛會互歸心保護囝的獵鴉啄傷;當逐家拚命咧走的時,上細漢的我總是走上尾一個,那走那哭,短短肥肥的腳骨,踏著無平的土面,難免跋甲四腳向天,昧輸狗食屎的姿勢,頭前有猛虎(阿兄阿姐),後壁有追兵(獵鴉),阿兄阿姐無奈閣不耐煩的咒罵聲,給我的囡仔時代拍青驚。後庭彼個矮篤(tuh)篤的查某囡仔的哭聲,昧輸佮我細漢時陣仝一塊模仔印出來。

有一個蹺狗(khiau ku)的老阿伯,逐擺攏置日頭欲落山的黃昏時仔,摜(koaN^7)水桶沃茱。拄放學的囡仔,褪赤腳置茱園仔內閣來走去,走闖吵鬧聲,感染著附近的住民,互阮的社區加一陣活潑古錐的同伴。

細漢時陣的水雞聲,迮迮置夢中將我驚醒;草蜢仔、竹節蟲、馬陸和密婆(蝙蝠),紛紛對後庭侵入阮兜的客廳,每暗水雞聲、蟲叫聲,使原本四箍笠仔攏是紅毛土的都市生活,有庄腳的

都帶妹妹一同出現，他妹妹是個愛哭鬼，無論是汽球飛走了，或是被菜園起伏的田埂拌倒，三不五時總會傳來她的哭聲，看見哥哥眼神中充滿百般的無奈，哥哥的同伴不屑和不耐煩的表情。就想到自己小時候，黏著哥哥姐姐出去玩的情景。

小時候的我，矮肥短的身材，老是跟不上哥哥姐姐的腳步。住在苗栗山城的孩子，捉竹筍蟲、撿油桐花、摘野草莓，哥哥還會爬到樹梢，偷老鷹的蛋拿回家吃，若遇到老鷹回巢時，會被牠的利嘴和爪子抓傷，甚至眼睛會被護子心切的老鷹啄傷；當大夥拚命逃跑時，年紀最小的我老是殿後，邊跑邊哭，短短肥肥的小腳，踩到不平的地面時，總會跌個四腳朝天，好比狗吃屎，前有猛虎(哥哥姐姐)，後有追兵(老鷹)，哥哥姐姐無奈又煩躁的咒罵聲，總在童年夢中驚醒。後庭那位矮不隆咚的小妹妹的哭聲，真像我小時候的翻版。

有一位駝背的老伯，每每趁太陽西斜之際，提起水桶澆菜。剛放學的兒童，打著赤腳奔馳在園中，奔跑打鬧聲，感染了附近的居民，我們的社區多了一群活潑可愛的同伴。

童年的蛙聲，常常在夢中將我驚醒；蚱蜢、竹節蟲、馬陸和蝙蝠，紛紛從後院入侵我家客廳，每晚蛙鳴、蟲叫聲，使原本四周水泥叢林的都市生活，有了鄉下的田園春色及回歸大自然的幸福。

後庭春色、田園風光，一年四季，不同的菜色，不同的景象，陪著咖啡的濃淡以及生命起伏不定的情緒，伴我過著都市田園生活。

田園春色佮回歸大自然的幸福。

　　後庭春色、田園光景，一年四季，無仝的榮色，無仝的風景，摻著咖啡的厚薄佮生命起落無定的情緒，伴我過著都市田園生活。

——原稿華文

[台語]

菜市仔名

　　自細漢到大漢，我就真討厭家己的名，行到佗攏會拄著仝名的人，親像：黃秀鳳、陳秀鳳、林秀鳳、王秀鳳……等等。而且這寡人，每一個攏佮我全款是矮矮肥肥的五短身材。所以，我對這個「俗(song⁵)閣有力的菜市仔名」討厭到有偆。

　　秀——清雅聰慧，才能出眾。

　　鳳——比喻珍貴少有的人物。

　　置字義上解釋，算是未歹啦！可惜姓名學的註解是：

　　秀字有愛情煩惱，秀氣巧妙，吉凶分明，配吉就吉，配凶就凶。

　　鳳字學問豐富，官運旺，成功昌隆富貴之字，女人愛情厄抑薄倖。

　　我的朋友內底：黃秀鳳，活潑精光，做代誌滑溜，二十八歲就離婚；陳秀鳳，結婚無一冬就逃婚，家己一個人置外口做散工求生存；林秀鳳，婚姻嘛是滿身傷痕，日日夜夜以目屎洗面，跳昧出婚姻的巢窟。

　　我捌太濟全名的不幸小女子，所以我發起一個「秀鳳共榮會」，想欲幫助所有仝名的歹命人，無論是家庭、婚姻抑是親子關係、揣空課等等各方面的諮詢服務，可惜這個社團因為阮搬厝

[華文]

菜市仔名

　　從小到大，我就很討厭自己的名字，走到哪裏都會碰到同名的人，例如：黃秀鳳、陳秀鳳、林秀鳳、王秀鳳……等等。而且這些人，每一個都跟我一樣是矮矮胖胖的五短身材。所以，我對於這個「俗閣有力的菜市仔名」討厭到了極點。

　　秀──清雅聰慧，才能出眾。

　　鳳──比喻珍貴少有的人物。

　　在字義上解釋，算是不錯的啦！可惜姓名學的註解是：

　　秀字有愛情煩惱，秀氣巧妙，吉凶分明，配吉則吉，配凶則凶。

　　鳳字學問豐富，官運旺，成功昌隆富貴之字，女人愛情厄或薄倖。

　　我的朋友中：黃秀鳳，活潑能幹，處事圓融，二十八歲就離婚；陳秀鳳，結婚不到一年就逃婚，自己一個人在外流浪打工求生存；林秀鳳，婚姻也是千瘡百孔，日夜以淚洗面，跳不出婚姻的窠臼。

　　我認識太多同名的不幸女子，因此我發起一個「秀鳳共榮會」，想幫助所有同名的歹命人，無論是家庭、婚姻或是親子關係、求職等各方面的諮詢服務。可惜這個社團因為我的搬家而宣

遂來宣布散會。

秀鳳這個名，逮(toe³)我四十外冬，我嘛討厭它四十外冬囉。

有一擺，拄拄仔想欲改名的時陣，無意中參加一個社團活動，大會規定每一個人置自我紹介的時，干單會湅用語言表達，昧湅使用黑枋和紙筆，等全體自我紹介了的時，互上濟人會記得名的人，會湅提著「最佳人緣獎」。

輪著我這個討厭家己名的人上台時，心內一陣滾絞，而且頭前已經出現過佮我仝名的人，實在眞煩。置我勻勻仔行上台的時陣，突然間靈機一動，對著逐家講：「各位帥哥美女逐家好，我號做江秀鳳，長江的江，秀氣的秀，鳳凰的鳳；若愛會記得我的名，請會記得我就是彼位『望眼江山，最秀麗的一隻鳳凰』。」講完，全場的人攏笑甲大細聲，搏(phok)仔聲親像陳雷仝款。當然，最佳人緣獎嘛落置我的手頭。

對彼擺開始，我無閣對家己的名不滿啊，逐擺自我紹介的時，使用這招，一定得著眞濟的搏仔聲，而且眞輕鬆就互人會記得我的名。

毋過，生做醜(bai²)閣肥閣矮的我，用美麗來消遣家己，才是最佳的笑詼，因爲安呢，嘛卡容易得著卡濟好人緣啦。

——原稿華文

告不了了之。

　　秀鳳這個名字，跟了我四十多年，我也討厭了它四十多年。

　　有一次，正在醞釀改名字的時候，無意中參加一個社團活動，大會規定每人在自我介紹時，只能用語言表達，不得使用黑板及紙筆，全體自我介紹完畢時，被最多人記得名字的人，可獲得「最佳人緣獎」。

　　輪到我這個討厭自己名字的人上台時，內心天人交戰，而且前面已經出現過跟我同名的人，討厭死了。當我徐步走上台時，突然靈機一動，對著大家說：「各位帥哥美女大家好，我叫江秀鳳，長江的江，秀氣的秀，鳳凰的鳳；如果要記得我的名字，請記得我就是那位『望眼江山，最秀麗的一隻鳳凰』。」語畢全場哄堂大笑，掌聲雷動。當然，最佳人緣獎也落入我的手中。

　　從此以後，我不再對自己名字不滿，每回自我介紹時，使用這一招，必定博得許多掌聲，並且輕易地讓人記得我的名字。

　　不過，其貌不揚、又肥又矮的我，用美麗來消遣自己，才是最佳笑話，因為這樣，也很容易得到良好的人緣呢。

——2001.2.15〈自由時報〉花編副刊

[台語]

藏昧稠的愛

　　離開阿母的身軀邊已經兩多外囉；上難忘的是彼年的熱天，嘛是阿母身體狀況上歹的一年。

　　親像火燒埔的六月天，行咧點仔膠路真正辛苦，汗水假若離巢的蚼蟻，爬踞面裏小可癢(chiuN⁷)癢。我扶著胖(phong³)皮毋過真虛弱的阿母，欲去南部互醫生看。彼時的國光號拄才引進台灣，經濟逗逗仔有起色，社會詳和安樂，高速公路通車無外久，阮坐服務品質一流的國光號，行踮平穩快速的高速公路頂。窗外的點仔膠路親像拄才掀開蓋的籠床(sng⁵)，燒氣沖天，車內的冷氣遂寒甲互人叫毋敢。

　　阿母無法度適應車內、車外變化傷大的溫差，本來就破病的身體，艱苦甲擋昧稠，一直哀出聲，誰人料想會到，置遮呢熱的天氣會入去一座遮大的冰箱內底，誰會去想著愛加 chah 衫？看著阿母痛苦的面腔，我的心肝親像刀咧割，趕緊走去後壁拜託車掌小姐，借我一領毯仔抑是會凍蓋(kah)燒的物件，毋過車頂一領都無。落尾，只好提四、五張報紙圍踮阿母的身軀頂；一直忍到泰安休息站，我才趕緊落車，用走的去買一杯燒燙燙的「玉米濃湯」；阿母接著彼杯湯，雙手捧稠稠，親像得著甘露水仝款，先置面裏煦(u³)煦咧，才甘願提來飲。

[華文]

藏不住的愛

　　離開母親的身邊已經兩年多了；最難忘的是那年的夏天，也是母親身體狀況最差的一年。

　　熾熱燃燒的六月天，走在柏油路上真是艱辛，汗水像離巢的螞蟻般，爬在臉上有點癢癢的。我扶著福態但十分虛弱的母親，要去南部看醫生。那時的國光號才剛剛引進台灣，經濟有點起色，社會詳和安樂，高速公路通車沒多久，我們搭服務品質一流的國光號，走在平穩快速的高速公路上。窗外的柏油路像剛掀蓋的蒸籠，熱氣沖天，車內的冷氣卻冷得令人發抖。

　　母親沒辦法適應車內、車外變化太大的溫差，本來就有病在身，痛苦得無法忍受，微微呻吟起來，誰會料到大熱天裏會進入這麼一座大冰箱，而多帶衣服呢？看著母親痛苦的面容，我的心像刀在割，趕緊走到後面拜託車掌小姐，借我一條毯子或是什麼可以取暖的東西，可惜車上一件也沒有。後來，我只好拿四、五張報紙圍在母親的身上；一直忍受到泰安休息站，我才趕緊下車，用跑的去買一杯滾燙的「玉米濃湯」；母親接過那杯湯，雙手緊緊捧住，就像得到甘露水，先在臉上溫熱，才甘願拿來喝。

　　湯喝完後，看到母親臉上微紅，精神較好，眼睛比較張得開，我感動得淚眼婆娑。我永遠忘不了，那年夏日母親璀璨的眼

　　湯飲完了後，看著阿母面肉小可紅紅，嘛卡有精神，目睭擘
(peh)卡會開，我感動甲目屎 chhop-chhop 滴。我永遠昧來放
昧記，彼年熱人阿母燦爛的眼神。有笑容就有希望，我安呢給菩
薩祈禱。無夠煮一鈷茶的時間，阿母嘴角微微仔笑，遂睏去啊！
我猶原毋敢疏忽，雖然小可忝啊，歸下晡頭殼昏昏鈍鈍，我嘛毋
敢盹(tuh)龜，歸心守置阿母的身軀邊。一直到看著阿母的嘴唇
對白轉紅，面色對青色變粉紅，我才小可放心。

　　無意中，看著窗仔外的風景，假若是會振動的畫展仝款，景
緻如詩如畫，隨提筆寫這首「即景」：

　　　　半片竹籬半片天，窗前景色入眼簾，
　　　　春牛戲水橫竹塘，幽幽大地鼾正甜。
　　　　曠野盡處水平線，半顆珍珠紅遍天，
　　　　祈望美景留片刻，豈奈回首暮低焉。

　　置高雄蹛一暝，第二工，看醫生看了，又閣戴著大日頭上
北。轉到台北已經是下晡三點外囉。因為置路裏無食中晝頓，落
車了後，阮兩母仔囝，干單想欲食一寡燒的物件，毋過，這個時
陣，每一間店攏無營業，當咧歇中晝，阮母仔囝行足久，才看著
一間真舊閣細間，歸間看起來油落(lok)落閣暗摸摸的店。我牽
阿母慢慢仔行入去店內，頭家娘面漚(au³)面臭講：「欲煮燒的無
啦，干單看會著遮的爾。」我看著灶頂人客挾偆的菜尾，偆無幾
項菜，越頭給頭家娘點幾項仔菜佮一碗湯，彼個穿一領油甲發光

神。有笑容就有希望，我這樣向菩薩祈禱著。不到一盞茶的功
夫，母親的嘴角微微上揚，睡著了！我仍不敢掉以輕心，雖然有
點累了，整個下午頭昏昏沉沉的，我也不敢打盹兒，專注地守候
在側。一直到看見母親的嘴唇由白轉紅，臉色由青綠變粉紅，才
稍稍放心。

　　無意間，瞥見窗外的風景，好像動態的畫展，景緻如詩如
畫，馬上提筆寫這首「即景」：

　　　　半片竹籬半片天，窗前景色入眼簾，
　　　　春牛戲水橫竹塘，幽幽大地鼾正甜。
　　　　曠野盡處水平線，半顆珍珠紅遍天，
　　　　祈望美景留片刻，豈奈回首暮低焉。

　　在高雄停留一夜，第二天，看完醫生，又頂著烈日北上。回
到台北已經是下午三點多了。因為在路上錯過了吃中餐的時間，
下車後，我們母子倆，只想要吃點熱的東西，可是，這個時間，
每一間店都歇業了，大家都在午休，我們母女走了好久，才看到
一間又小又陳舊，滿室油膩昏暗的小吃店。我牽著母親慢慢地走
入店內，老闆娘臉臭臭的說：「要現煮的沒有，只賣看得到的這
些。」我瞄一下爐灶上客人挾剩的菜尾，剩沒幾樣菜，回頭向老
闆娘要了幾個菜和一碗湯，那位穿著一件油得發亮的圍裙，滿身
肥肉的老闆娘，粗手重腳地把食物放在油膩膩的桌上，就閃人
了，出外的我們，別無選擇的餘地，不爭氣的肚子實在太餓了，

的圍身裙，滿身肥肉的頭家娘，粗腳重蹄給飯菜园置油落落的桌
仔頂，越頭做伊去，出外的阮，無通選擇，腹肚實在飫甲大腸告
小腸，嘛只好大嘴大嘴給食落。阿母食無兩嘴就無閣食，這幾
工，阿母人艱苦，胃口一直無好，食味落，我會凍了解，我並無
特別感覺奇怪，做我家己食，給桌頂所有的菜攏食了了，食飽了
後，頭殼 taN 起來，拄好看著阿母的目睭內流露著疼惜的慈
光，彼是熱人暗時上美麗的北極星；我認真看彼雙溫柔甲發光的
目睭，阿母用毋甘閣微弱的聲音講：「你毋知影偌飫咧，遮呢白
洪（chiaN²）無味的物件，你嘛食甲遮歡喜。」彼道慈光 thang³
過我的心肝穎（iN²）仔，深深印置我的心頭，到即馬我猶會凍感
覺著彼種溫暖，毋過，當時返的菜到底是啥滋味，我一點仔印象
都無。

　　幾落年了後，阮搬離開台北。有一工，半暝接著對台北敲來
的長途電話，講阿母破病，這陣真危險，送入去急診室。阮半暝
隨趕轉去台北，到病院的時，兄姐、阿叔、阿伯、阿舅佮親家，
逐家攏陸續到位。這陣，我看著真濟蕊目睭置黑樹林內面揣，每
一對目睭攏憨神憨神，頭一遍發現，人失魂的時陣，目睭內底空
空，彼款無魂附體的目睭真恐怖。阮置急診室門口徘徊幾落點
鐘，只有醫生、護士佮阮 chih 接，猶原見味著阿母的面容。阿
母一世人信佛，逐擺年仔節仔若到，阿母一定會準備香案四果酬
神拜佛。伊一世人毋捌做過虧心事，清秀美麗，賢慧勤（khiN⁵）
家；毋管是親晟朋友、抑是厝邊的代誌，伊攏真熱心鬥幫忙。歸
世人攏為別人設想，罕得為家己拍算。這款善良的查某人，汰會

也只好大口大口吃將起來。母親吃不到幾口就不吃了，這些天，母親病著，胃口一直不好，所以吃不下，這我了解，並不會感到特別奇怪，只顧自己吃著，把桌上所有的菜吃個精光，吃飽之後，抬起頭，正好看見母親的眼睛裏流露著憐惜的慈光，那是夏夜裏最美麗的北極星；我認真地望著那雙溫柔得發亮的眼睛，母親卻用心疼且微弱的聲音說：「你不知道有多餓了，這麼清淡無味的東西，你也吃得津津有味。」那道慈光貫穿我的胸腔，深深烙印在我的心房，到現在還能感覺得到那股溫馨，但是，當時那些菜到底是啥滋味，我是一點印象都沒有了。

幾年後，我們搬離台北。有一天，半夜接到台北打來的長途電話，說母親病危，送進急診室。我們連夜趕回台北，到達醫院，兄姐叔伯、親家娘舅，大家陸續趕來。這時，我看見許多隻眼睛在黑森林裏摸索，每一對眼睛都空洞無神，首次發現，人失魂的時候，瞳孔裏是空蕩蕩的，那種無魂附體的眼神真恐怖。我們在急診室門口徘徊好幾個鐘頭，只有醫生和護士與我們接洽，仍見不到母親的容顏。母親一生信佛，每逢年節，母親一定會準備香案四果酬神禮佛。她一輩子不曾虧心負人，秀外慧中，賢淑持家；不管是親戚朋友、鄰里的事，她都熱心幫忙。一輩子總是為別人設想，難得為自己打算過。這樣的善良女人，怎麼會常常受到病魔糾纏呢！

眼看著母親生命垂危，只恨無法替她分擔，心中無限煎熬。跪在窗前祈禱，希望菩薩保佑，讓母親能夠度過難關，身體快點好起來。母親在醫生的努力、家人的關懷中、佛菩薩的保佑下，

迭迭受著病疼來拖磨！

　　看著阿母的生命遐呢危險，只恨無法度替伊分擔，心肝內無限的滾絞（ka²）。跪踞窗仔門頭前祈禱，映望菩薩保庇，互阿母的身體卡緊好起來。阿母置醫生的努力、逐家的關懷中、佛菩薩的保庇之下，漸漸好起來。

　　對台北搬來中部，已經兩年外囉，逐擺坐車轉去台北，阿母總是愛一直吩咐：「毋通昧記得 chah 一領卡厚的衫呢，國光號的冷氣真冷哦！」逐擺聽著這句話，阮攏會相對相笑一下。這是一個難忘的季節，佮阿母的感情嘛親像熱天的日頭全款，作一下燒起來。

　　　　　　　　　　　　　　　　　　　　　　——原稿華文

漸漸好起來了。

　　從台北搬來中部，已經兩年多了，每次搭車回台北，母親總要一再叮嚀：「別忘了帶件厚一點的外套啊，國光號的冷氣很強哦！」每回聽到這句話，我們都會相視而笑。這是一個難忘的季節，與母親的感情亦如同夏日的太陽般，節節上升。

——1995.9.1《慈光通訊雜誌》

[台語]

替阿爸抓腳脊胼

　　對我有記智開始，替阮阿爸抓(jiau³)腳脊胼(phiaN)就成做我的噩夢。

　　細漢的時陣，逐擺我做完功課坐落來看電視，阿爸總是叫我替伊抓腳脊胼，替阿爸抓腳脊胼遂成做我每工愛做的空課，一直到大漢出社會，猶閣愛替阿爸抓腳脊胼，了後，替阿爸抓腳脊胼遂成做我上大的噩夢。

　　想起替阿爸抓腳脊胼，眞是痛苦的代誌，伊毋捌欲喚停，你抓甲伊睏去，伊嘛昧喚停，毋過，你停一下伊隨知，猶閣會叫你繼續抓。等我卡大漢，指甲卡長的時陣，替阿爸抓腳脊胼了後，逐擺指甲內底攏會留著阿爸的皮膚幼仔，每擺抓完腳脊胼，定著愛用芳雪文洗手洗眞久，以前非常討厭這個空課，雖然毋甘毋願，毋過也毋捌罷工，心情無好的時陣，一半擺仔會翹嘴爾爾。

　　奇怪的是，伊眞少恰我開講抑是講古互我聽；阿爸互我的印象是對人平和親切，見著人總是嘴笑目笑，無啥會恰人計較，朋友無濟，卻是有一個做老師的朋友，阿爸干單捌受過幾年粗淺的日本教育爾爾，中文捌無幾字，毋過伊上尊敬文人，有閒的時陣，迭迭咧背「人生必讀」和一寡詩詞，毋是唐詩嘛毋是千字文，我毋知影伊是對佗位學來的，有一首詩我印象特別深：「我有一

[華文]

幫爸爸抓背

從我有記憶起始，幫爸爸抓背就成了我的噩夢。

小時候，每當我做完功課坐下來看電視時，爸爸總是叫我幫他抓背，幫爸爸抓背成了我每天的例行工作，一直到長大出社會，還必須幫爸爸抓背，之後，幫爸爸抓背成了我最大的噩夢。

想起幫爸爸抓背，真是痛苦的事，他從不喊停，你抓到他睡著，他也不叫停，但是，你停一下他馬上知道，還會叫你繼續抓。等我稍長，指甲長了，幫爸爸抓完背之後，每次指甲裏都留著爸爸的皮膚屑，每回抓完背，都得用香皂洗手一番，以前非常厭惡這個工作，雖然心不甘情不願，倒也不曾罷工，心情不好的時候，偶爾會翹著嘴巴而已。

奇怪的是，他很少跟我聊天或講故事給我聽；爸爸給我的印象是待人和藹可親，見人笑口常開，不太會和人計較，朋友也不多，倒是有一位當老師的朋友，爸爸只受過幾年粗淺的日本教育，中文認不得幾個字，但是他最尊敬文人，閒暇時常常背頌「人生必讀」和一些詩詞，不是唐詩也不是千字文，我不知道他是從哪裏學來的，有一首詩我印象特別深：「我有一首詩，天下無人知，有人來問我，連我也不知。」這是一首極富禪意的詩，長年茹素的爸爸，有他自己的人生哲學和修行之道。

首詩，天下無人知，有人來問我，連我也不知。」這是一首誠有
禪味的詩，長年食菜的阿爸，有伊家己的人生哲學佮修行之道。

　　替阿爸抓二十幾年的腳脊骿，一直到我嫁出去，才脫離苦
海，雖然佮伊無啥話通講，卻是置七個兄弟姐妹內底，佮阿爸感
情上好的一個。會記得細漢時，有一個禮拜下晡，阮那看電視那
抓腳脊骿，看咧看咧、抓咧抓咧，兩個人攏睏去啊，當我醒來的
時陣，發現家己置阿爸的腳脊骿流一糊嘴瀾，即馬想起來，實在
真古錐，我懷念彼段日子。

　　前幾工仔，去病院看八十一歲的阿爸，阿爸又閣叫我替伊抓
腳脊骿，隔欲二十年，再度掀起阿爸白色的汗衫，心肝內無限的
感傷，當年彼結實強壯的漢草走佗去啊，如今出現置目睭前的，
是軟膏(ko⁵)膏的腳脊骿，指甲抓落去，嘛聽昧著永過刷刷刷清
脆的聲音，小可彎彎的龍骨，已經毋是卡早置我心目中彼座懸
山，愈抓心愈酸，目屎遂一粒一粒輾(lian³)置輪椅頂頭，目屎
滴著阿爸的腳脊骿，阿爸問我，為啥物有水噴著伊的身軀，我一
時話講昧出來，雄雄趴置阿爸的腳脊骿，心肝內百味交纏，毋知
欲安怎表達，若水崩山的目屎，閣一擺流置阿爸的腳脊骿，親像
閣倒轉去細漢時陣，置阿爸的腳脊骿流嘴瀾的情景，我真感恩，
即馬已經做人的家後佮老母，猶閣有機會替阿爸抓腳脊骿，實在
好運閣幸福啊。

──原稿華文

　　幫爸爸抓了二十幾年的背，直到我嫁出去，才脫離苦海，雖然和他沒什麼話說，倒是在七個兄弟姐妹當中，跟爸爸感情最好的一個。記得小時候，有一個禮拜天的午後，我們邊看電視邊抓背，看著看著、抓著抓著，兩個人都睡著了，當我醒來時，發現自己在爸爸的背上流了一灘口水，現在想來，實在很可愛，我懷念那段日子。

　　日前，去醫院看八十一歲的爸爸，爸爸又叫我幫他抓背，相隔二十年，再度掀起爸爸白色的汗衫，心中激起無限感傷，當年那結實碩壯的肌肉哪裏去了，如今呈現在眼前的，是軟趴趴的背部，指甲抓下去，也聽不見昔日刷刷刷的清脆聲，微彎的龍骨，已不是從前在我心中的那座高山，愈抓心愈酸，眼淚終於一顆顆掉在輪椅上，淚水濺到爸爸的背上，爸爸問我，為什麼會有水噴到他身上，我一時啞口無言，突然趴在爸爸背上，內心百感交集，不知該如何表達，決堤的淚水，再次流到爸爸的背上，彷彿又回到小時候，在爸爸背上流口水的情景，慶幸著自己為人婦為人母的今天，還有機會為爸爸抓背，實屬幸運又幸福。

[台語]

相思雨

相思雨，是我的生命之歌。

自細漢生長置苗栗山區，父母攏以燒火炭為生，相思樹的材質卡碇，上適合做火炭的材料。故鄉的相思樹有花芳、樹芳佮土地的芳味，猶閣有囡仔時的快樂和美好的記智。相思樹有父母的臭汗酸味佮生活哲學；我置想，燒火炭的父母，一生咧揣的氣味，定著嘛是相思樹的芳味！

小學四年的時，阮歸家搬去台北。但是，每年當小小的、黃色毛氅（chhang³）氅的相思花開滿山頭的時，我總會得著一種相思病，吵欲愛阿母chhoa⁷我去看相思花、鼻相思花芳。尤其是風吹來的時陣，歸樹黃澄澄的花蕊飄散，形成金黃色的相思雨，對頭殼頂、對面上，沿著長頭毛和身軀的線條一路滑落來，彼種芳味、感觸，是客家人獨有的精神和驕傲。有時妖無夠氣，阿母會用雙手捧（phong²）小黃花，對懸懸的所在勻勻仔披落，將一蕊一蕊的花披置我的身軀，目睭瞌（kheh）瞌，親像行入畫中的天使，置相思雨中享受慈愛、溫暖的洗禮。

1993年，阿母往生。阮決定將伊送轉去故鄉，安葬置相思林內。

1999年，是世紀災難年，也是我的斷魂年。

相思雨

相思雨，是我的生命之歌。

從小生長在苗栗山區，父母以燒木炭爲生，相思樹的木質較硬，最適合做木炭的材料。故鄉的相思樹有花香、樹香和土壤的香味，以及童年時的快樂和美好的回憶。相思樹有父母的汗臭味及生活哲學；我常想，燒木炭的父母，一生尋找的氣味，必定也是相思樹的香味吧！

小學四年級，我們全家搬去台北。但是，每年當小小的、黃色毛茸茸的相思花開滿山頭的季節，我總會得到一種相思病，吵著要母親帶我去看相思花、聞相思花香。尤其是在風吹來的時候，整樹黃澄澄的花朵飄逸，形成金黃色的相思雨，從頭頂上、從臉上，沿著長頭髮和身體的曲線一路滑下來，那香味、那觸感，是客家人獨特的精神和驕傲。有時嫌玩得不夠，母親會用雙手捧起小黃花，從高高的地方緩緩撒落，將一朵一朵的小花撒在我的身上，閉上雙眼，就像走入畫中的天使，在溫馨慈愛的相思雨中洗禮。

1993 年，母親往生。我們決定將她送回故鄉，安葬在相思林內。

1999 年，是世紀災難年，也是我的斷魂年。

921 為中部帶來誠大的災難和傷害，到旦猶原無法度恢復。921 進前，五月母親節彼工，我佮阮翁揫鮮花淋著大雨，到阿母墓前祭拜。當我看著阿母的墓互人挖開，棺材和蓮花被、鞋仔、衫仔褲，零零落落(li-li-lak-lak)四散，對彼陣開始，我的三魂七魄嘛逮(toe³)咧四散，叫昧轉來，年年月月，阿母的形影活咧我的心肝頭，毋知日子欲安怎過？

　　母親節不再以蛋糕鮮花裝飾
　　飲一杯孤獨，靜默於您的墓前

　　年年，相思樹在母親生日時綻滿枝頭
　　小小的毛茸茸的鵝黃色花圈
　　撒落著母親綿綿密密的溫柔
　　猶如您的愛
　　在無垠的黑夜裏
　　點燃一盞盞心燈

　　去年母親節
　　帶著康乃馨到相思林墓園看您
　　您竟被迫拋棺離土
　　蓮花被、衣物、鞋子零亂地
　　丟棄在墳前
　　您的形骸無聲無息消失

　　921 為中部帶來莫大的災難和傷害，至今依然無法平復。
921 之前，五月母親節那天，我和外子帶著鮮花淋著大雨，前往
母親墳前祭拜。當我看見母親的墳墓被人挖空，棺材和蓮花被、
鞋子、衣物，零零落落四散，打那時開始，我的三魂七魄也跟著
四散，找不回來了，日日年年，母親的影子活在我心頭，不知日
子是怎麼過的？

　　　　母親節不再以蛋糕鮮花裝飾
　　　　飲一抔孤獨，靜默於您的墓前

　　　　年年，相思樹在母親生日時綻滿枝頭
　　　　小小的毛茸茸的鵝黃色花團
　　　　撒落著母親綿綿密密的溫柔
　　　　猶如您的愛
　　　　在無垠的黑夜裏
　　　　點燃一盞盞心燈

　　　　去年母親節
　　　　帶著康乃馨到相思林墓園看您
　　　　您竟被迫拋棺離土
　　　　蓮花被、衣物、鞋子零亂地
　　　　丟棄在墳前
　　　　您的形骸無聲無息消失

在空洞洞的窟穸裏

尋遍島嶼的每株相思樹
依然找不到您的形影
如今
我帶著您的影子活著
只爲了要找到被迫拋棺離土的您

啊！我的母親
大地蒼蒼　天涯茫茫
您到底流落在何方？

　　這款的遭遇，這款的故事，使我對相思樹和黃土的感情閣卡
深一層。爲著走揣阿母、紀念阿母，我堅持毋肯互阮翁佮子兒爲
我過母親節。一個人孤孤單單轉到故鄉的相思林，互五月的風，
掃落一蕊一蕊的相思花，綿綿無盡掖置我的身上，目睭瞇瞇猶會
凍感受著阿母當年親手掖落金黃色相思雨的心情，雨和目屎，一
年閣一年滴 thang³ 我的孔嘴。

【後記】相思仔花，落落來的時，會和刺毛蟲鬥陣落落來，愛小心。

——原稿華文

在空洞洞的窀穸裏

尋遍島嶼的每株相思樹
依然找不到您的形影
如今
我帶著您的影子活著
只為了要找到被迫拋棺離土的您

啊！我的母親
大地蒼蒼　天涯茫茫
您到底流落在何方？

　　這樣的遭遇，這樣的故事，使我對相思樹和黃土的感情更深一層。為了尋找母親、紀念母親，我堅持不肯讓先生、孩子為我過母親節。一個人孤孤單單回到故鄉的相思林，任五月的風，掃落一蕊一蕊的相思花，綿綿無盡撒在我的身上，閉上眼睛仍然可以感受到母親當年親手撒落金黃色相思雨的心情，雨和淚，一年又一年侵蝕著我的傷口。

【後記】相思花，落下來的時候，會和毛毛蟲一起掉下來，要小心。

第二輯

薰衣草姑娘

［台語］

山 賊 日 記

　　正月初一早時八點外，傑人讀冊會的朋友清蕙敲電話來，邀請阮到南投縣國姓鄉，怹乾家官的山裏爬山。阮歸家夥仔隨感受著卡早毋捌體會過的幸福感，心肝內眞感謝清蕙的好意。隨時駛一台白色轎車出發，到位才知影清蕙毋單邀請阮爾爾，伊閣邀請讀冊會所有的成員家庭！會凍置新春的頭一工，看著逐家眞正是歡喜的代誌。

　　食飽晝，逐家坐四台轎車去山頂，山頂的空氣眞好，逐家相爭拍開車窗吸（suh）新鮮的空氣，桃花探頭以粉紅仔色的笑容，置山坡地排列迎接阮這陣都市倯（song⁵）；素白的李仔花以詩人的姿態企置樹仔枝，含笑不語，互人如痴如醉，親像行入李白的詩鄉全款，無酒嘛醉茫茫；新接枝的梨仔花，白色的花蕊濫著拄暴芽的青葉仔，色水特別雅緻美觀，加上每蕊花枝纏紅色電火布，紅中帶青，青中摻白，五花十色嬌閣影頭，嬌甲互人想欲作詩給它呵咾一暝才會過癮。

　　阮這陣都市倯，看著啥攏眞好玄，沿山路一直行，桃花紅，李花白，猶閣有梅花置半路咧相等，一陣因仔毋捌看過退濟形體遮相像的花蕊鬥陣出現置目睭前，一時間，每一對父母攏咧做大自然的生態教育，這是桃花、李仔花、梅花、梨仔花等，到尾仔

[華文]

山賊日記

　　正月初一早上八點多，傑人讀書會的朋友清蕙打電話來，邀請我們到南投縣國姓鄉，他公公婆婆的山林爬山。我們全家頓時感受到前所未有的幸福感，心裏感謝著清蕙的好意。開了一輛白色的轎車出發，到達時才知道清蕙不止邀請我們而已，她還邀請了讀書會所有的成員家庭！能夠在新春的第一天，見到大家真是件高興的事。

　　用過午餐，我們分別搭乘四輛轎車上山，山上的空氣很棒，大家爭先恐後打開車窗呼吸新鮮空氣，桃花探頭以粉紅色的笑容，排列在山坡上迎接我們這群都市佬；素白的李花以詩人之姿立在枝頭，含笑不語，令人如痴如醉，好像走入李白的詩鄉一般，無酒也醉茫茫；新接枝的梨花，白色的花朵配上剛冒出芽來的新葉，色彩格外雅緻美觀，加上每朵花枝纏著紅色塑膠布，紅中帶綠，綠中滲白，五顏六色美得出奇，美得令人很想作首詩為它讚嘆一番才過癮。

　　我們這群都市佬，看見什麼都很好奇，沿著山路往上走，桃花紅，李花白，還有梅花在半路等待，一群小朋友不曾見識過那麼多形體如此相像的花朵一起出現在眼前，一時之間，每一對父母都在做大自然的生態教育，這是桃花、李花、梅花、梨花等，

無半個囡仔舞清楚花的名;續落來看滿山谷的花蕊搖來搖去,山花的舞藝,遂互這陣囡仔看甲起愛笑。阿姆允准阮挽路邊的柳丁、柑仔,隨在阮那行那食,而且續(soa³)手給水果皮擲置園裏做肥料,對阮這陣久年蹛置都市的人來講,一年thang³天遵守生活公約、愛護都市環境,置這個所在會凍隨手擲水果皮,是偌呢仔歡喜自在。

路邊發甲青凌凌的昭和草,阮嘛手下無留情,給挽甲清氣溜溜;本草綱目記載:昭和草性寒,採取它的心佮葉仔用滾水燙過,鼎熱了後下麻油炒薑絲,撓(la⁷)撓咧摻一點仔鹽就會使起鼎,我慣勢摻一寡香菇和紅菜頭絲,安呢毋那好看,閣會凍防止昭和草本身的苦澀,昭和草食起來有茼蒿的芳味,它另外有一個名號做山茼蒿;逐擺食昭和草,就親像攬阿母的感覺,哺一嘴昭和草,假若哺著土地芳芳厚厚的氣味,青脆芳甜,愈食愈續嘴。

阿姆chhoa⁷阮爬起哩山頂的柑仔園,過年期間桶柑特別甜,逐家看著柑仔園親像看著寶山,每一個人攏守置柑仔樹腳,那挽那食,食甲嘴笑目笑。柑仔樹頂掛一條一條乾去的菜瓜,阿姆講欲控(tih⁸)菜瓜布的人家已挽,阮這陣都市儑腳緊手緊,相著家己上恰意的菜瓜布,給乾去閣黑墨墨的菜瓜皮嗶嗶啵啵拆落來,好耍閣趣味,看著內底白皙皙的菜瓜布,感覺稀奇閣滿足,親手挽菜瓜布的經驗,對阮這陣都市人來講,假若是姑娘仔上花轎頭一擺,冥冥之中閣佮土地加真親近。我真好奇問阿姆,為啥物種遮呢濟菜瓜,毋挽去食抑是挽去賣,攏總囥咧互乾呢?阿姆給我講:「種菜瓜主要是欲保護柑仔叢,等菜瓜旋(soan)藤的

到最後沒有一位小朋友弄得清楚花名；接下來看滿山滿谷的花朵搖曳不止，山花的舞藝，倒讓這群小朋友看得出神。伯母允許我們摘路邊的柳丁、橘子，隨便我們邊走邊吃，而且順手把果皮丟在園裏當肥料，對我們這群長年生活在都市的人來講，一年到頭遵守生活公約、愛護都市環境，在這裏可以隨手丟果皮，是多麼歡喜自在。

路邊長得青翠茂盛的昭和草，我們也不手軟，把它們摘得清潔溜溜；本草綱目記載：昭和草性寒，採取它的心和葉子經滾水燙過，熱鍋後放麻油炒薑絲，攪拌後加少許鹽巴就可起鍋，我習慣加一些香菇和紅蘿蔔絲，這樣不但好看，還可以防止昭和草本身的苦澀，昭和草吃起來有茼蒿的芳香，它還有一個名稱叫做山茼蒿；每次吃昭和草，就好像抱著母親的感覺，嚼一口昭和草，就像是嚼著土地香香濃濃的味道，青脆香甜，愈吃愈有味道。

伯母帶我們爬到山頂的橘子園，過年期間桶柑特別甜，大夥看見橘子園就像挖到寶似的，每一個人鎮守在橘子樹下，邊摘邊吃，滿足又開心。橘子樹上垂掛著一條一條乾掉的絲瓜，伯母說要菜瓜布的人自己摘，我們這群都市佬變得手腳俐落起來，看準自己最中意的菜瓜布，把乾掉又黑漆漆的菜瓜皮嗶嗶啵啵拆下來，好玩又有趣，看見裏面白皙的菜瓜布，感覺十分稀奇又滿足，親手摘菜瓜布的經驗，對我們這群都市人來說，就像是大姑娘上花轎頭一遭呢，冥冥之中又跟土地更親近。我很好奇問伯母，為什麼種這麼多絲瓜，不摘來吃或是摘去賣，通通都放著乾掉呢？伯母說：「種絲瓜主要是要保護橘子樹，等到絲瓜爬藤的

時，會凍爲柑仔樹遮日頭，而且菜瓜佮菜瓜布的價數眞歹，閣再
講這山園遮呢闊，阮囝攏大漢矣，各人有家己的頭路，干單偆阮
兩個老的置遮做山，事實上嘛顧昧去。」阿姆的話互我感傷眞
久，我頭殼犁犁，毋知欲安怎給伊安慰？

　　無張弛閣發現新大陸，柑仔樹腳凸起來的所在，竟然生眞濟
薑母，我忍昧稠喝一聲，一塊土地頂頭會凍同時種柑仔、菜瓜，
猶閣種薑母，實在有夠本領。阿姆夯鋤頭清采掘一下，薑母親像
趕欲見阮這陣人客全款，一塊一塊跳出土面，阿姆輕輕仔掘兩下
爾爾，薑母就親像一座山崎（chhai⁷）置返。阿姆位工寮內面提一
疊眞媠的袋仔，叫阮家己欲貯（te²）偌濟免細膩，我食薑母食一
世人矣，頭一擺親手對土堆內底挖薑母，每一塊薑母攏眞沉（tim³）
斗，提置手裏，親像牽著阿母年老的手，溫暖閣實在，土佮薑、
手佮心相連，互人感動甲目屎強欲滴落土，大自然佮生命的感
情，就置這個時陣 thoaN³ 開，土沙佮土、土佮林、林佮山、山
佮天、天佮日月星辰，宇宙萬物，一本散萬殊，萬殊歸一本，偌
呢仔奧妙，偌呢仔親切，永遠都昧來放昧記，眞充實豐富的生命
脈絡。

　　沿路那行那開講、講笑，行甲日落西山才轉到原點。清蕙
講：「咱行過的所在，無夠阮兜一半的山林，歡迎後擺閣鬥陣來
巡山。」心肝內感恩清蕙的邀請，互阮過一擺相當有意義的新正
年頭，一嗽（choa⁷）大自然的親子知性之旅，阮昧輸讀一章大地
之歌。多謝清蕙嬤孫仔三代人的款待，感恩再感恩。

　　落山了後，看著每口灶大漢細漢，每一個人攏摜（koaN⁷）甲

時候，可以為橘子樹遮蔭，而且絲瓜和絲瓜布的價格很低，再說這片山園這麼廣闊，我的孩子都長大了，各人有自己的工作，只剩下我們兩個老人在這裏做山，事實上也顧不了這許多。」伯母的話讓我感傷良久，我低頭沉思，不知該怎麼安慰她？

　　無意間我又發現了新大陸，橘子樹下凸起來的地方，竟然長了好多薑母，我禁不住大叫一聲，一塊土地上面同時可以種橘子、絲瓜，還可以種薑母，實在有夠厲害。伯母拿起鋤頭隨便一掘，薑母就像急著要跟我們這群客人見面似的，一塊一塊跳出地面，伯母輕輕的掘兩下而已，薑母竟然堆得像一座山那麼高。伯母走進工寮拿來一疊很漂亮的袋子，吩咐我們自己裝不必客氣，我吃了一輩子的薑母，第一次親手從土堆裏挖薑母，每一塊薑母均實在而沉重，拿在手裏，像是牽著母親年老的手，溫暖又踏實，土和薑、手與心相連，令人感動得眼淚都快滴下來了，大自然和生命的感情，就在這個時候爆發開來，沙和土、土和林、林和山、山和天、天和日月星辰，宇宙萬物，一本散萬殊，萬殊歸一本，多麼的奧妙，多麼的親切，永遠都忘不了，充實又豐富的生命脈絡。

　　沿路邊走邊聊邊開玩笑，走到日落西山才回到原點。清蕙說：「咱們走過的地方，不過是我們家不到一半的山林而已，歡迎以後再一起來巡山。」心中無限感恩清蕙的邀請，讓我們度過一次相當有意義的新年，一趟大自然的親子知性之旅，我們好比讀到一章大地之歌。感謝清蕙祖孫三代的款待，感恩再感恩。

　　下山之後，看見每一家子大大小小，每一個人都提著大包小

大包細包，有昭和草、柑仔、柚仔、薑母、菜瓜布等等，猶閣有阿姆分互阮的點心「土豆牛奶」，無論樹仔頂生的、土腳發的、路邊旋的，逐家攏挽一大堆，歡頭喜面欲摜轉去。

　　相辭的時，我給阿伯、阿姆講：「阮這陣少年人，親像山賊仝款，會用得食的，昧用得食的，看著啥攏欲挽轉去。」逐家聽甲笑咳咳。

包，有昭和草、橘子、柚子、薑母、菜瓜布等等，還有伯母發給我們的點心「花生牛奶」，無論樹上長的、地上生的、路邊攀爬的，大家都摘一大堆，歡天喜地的帶回家。

　　告辭時，我向伯父、伯母說：「我們這群年輕人，就像山賊一樣，可以吃的和不可以吃的，看到什麼都要摘回家。」大家聽得哈哈大笑。

［台語］

阿娟的故鄉

　　今仔日是農曆七月十五中元節，阮眞早就普渡好啊。佮查某囝姍蓉鬥陣去阿娟的故鄉，彰化縣芳苑鄉海邊仔的庄頭。

　　台灣人眞厲害，誠敖利用大自然的地緣討生活，偎山食山，偎海食海；阿娟是芳苑的討海人，芳苑海邊的蚵仔架連綿幾仔浬，阿娟會曉駛牛車，閣會曉開蚵仔、種土豆，生做嫷嫷白肉，伊是大海的查某囝，互人足欣羨。

　　庄內有一間眞大間的「白馬峰普天宮」，服侍(sai⁷)媽祖婆，是庄內人的信仰中心，嘛是討海人的守護神；位歷史悠久的小廟，變做即馬五開間，氣勢宏偉，被封做亞洲第一的媽祖廟。

　　阮一落車，發現芳苑的建築眞特殊的所在，偲厝宅所有的窗仔門，無論新舊攏總做女兒窗，就是一枝到底的欄杆，每棟厝攏照傳統的模式，以窗仔門的大細做奇(khia)數的欄杆，台灣人相信奇數屬陽，雙數屬陰；人佮天神欲蹛的厝愛用陽宅，若準是百姓公仔、忠義廟屬陰的廟，愛用雙數的窗仔門。怪奇的是，偲的窗仔門是用水管做的，給敲看覓內底是實(chat)腹的，我對這個人文景觀感覺眞好奇，置街頭巷尾踅一輪，每一間攏是全款的窗仔門，我問眞濟人，甚至七、八十歲的奧里桑、奧巴桑，無一個人會凍互我答案，這件代誌互我眞遺憾。

[華文]

阿娟的故鄉

今天是農曆七月十五日中元節，我們家很早就普渡好了。和女兒姍蓉一起去阿娟的故鄉，彰化縣芳苑鄉的海邊村莊。

台灣人很厲害，很會利用大自然的地緣討生活，靠山吃山，靠海吃海；阿娟是芳苑的討海人，芳苑海邊的蚵架連綿數浬，阿娟會駕駛牛車，又會開蚵仔、種花生，長得很漂亮、白皙，她是大海的女兒，實在令人欣羨。

村子裏有一間非常壯觀的「白馬峰普天宮」，敬奉媽祖婆，是庄內人的信仰中心，也是討海人的守護神；從歷史悠久的小廟，變成現在的五開間，氣勢宏偉，號稱亞洲第一的媽祖廟。

我一下車，就發現芳苑的建築非常特殊的地方，他們的房子所有的窗戶，無論新舊通通都鑲上女兒窗，就是一支到底的欄杆，每棟房舍都依傳統的模式，以窗口的大小做奇數的欄杆，台灣人相信奇數屬陽，偶數屬陰；人和天神要住的房子要蓋陽宅，如果是百姓公、忠義廟屬陰的廟，就必須用偶數的窗戶。奇怪的是，他們窗戶是用水管做的，敲敲看裏面是實心的，我對這種人文景觀感到好奇，在街頭巷尾繞了一圈，每一間都是同樣的水管窗，我問過很多人，甚至七、八十歲的奧里桑、奧巴桑，沒有一個人能給我答案，這件事令我十分遺憾。

　　廟前的布袋戲，拄才鬧熱咧搬演，傳統的氣氛，樸實的演技佮單純討海人的面腔，交織成溫和的民風；看置目睭內，甜咧心肝頭，長期蹛慣勢都市，這個所在實在是人間天堂。

　　芳苑這個所在，祭拜好兄弟仔的禮數猶原真傳統，大家誠心誠意將厝裏掠著上大尾的海產，紅蟳、龍蝦、倒退lu、魚仔等等，上肥的雞、鴨、鵝佮大塊的豬肉，卡進步的是，各國無全款的名酒，約翰走路、琴酒、人頭馬，金門高粱、XO、日本清酒，猶閣有真濟毋捌看過真媠的矸仔，置神桌頂啥物酒攏有，我毋知影，即馬的神攏進步甲飲外國洋酒，實在是真趣味的代誌。

　　因為遮佮都市拜的祭品，真無全款，咱工商業社會，普遍逐家攏無閒，干單準備飲料、汽水佮買便的三牲、便菜飯。比較起來，會凍真清楚看著文化快速變遷，愈文明的所在，生活文化改變愈大，莫怪阿娟會感嘆芳苑的普渡一年不如一年！

　　另外一條街仔路，是普天宮舊廟頭前，威武莊嚴企一尊嘴舌紅紅長長，青面白目睭，粗粗的目眉頂頭發兩枝尖尖的角，看起來面腔真歹的鬼王（阿娟講，昧用得講「鬼王」，愛講「普渡公」）；猶閣有人講是大士爺，袖是普渡大會昧凍欠席的角色，神氣威嚴企置廟門前，袖是所有孤魂野鬼的統帥，置普渡的過程中，負責管理所有的魔神仔；另外一方面，大士爺頭殼頂有一尊觀世音菩薩，代表菩薩化身的意思，置廟埕入口鎮殿，阻擋鬼靈侵入，保護當地的住民。

　　阿娟看著這尊普渡公，感慨真深，伊講，細漢的時陣，攏是伊替阿公鬥糊普渡公，對做竹架仔、煮麵粉糊、糊白糊仔、糊紙

廟前的布袋戲，正鑼鼓喧天的上演著，傳統的氣氛，樸實的演技以及單純討海人的臉譜，交織成溫和的民風；看在眼裏，甜在心頭，長時間住慣都市，這地方眞是人間天堂。

芳苑這個地方，祭拜好兄弟的禮數依然很傳統，大家誠心誠意把家裏捉到最大隻的海產，紅蟳、龍蝦、倒退 lu、鮮魚等等，最肥的雞、鴨、鵝和整塊的豬肉，比較進步的是，各國不同的名酒，約翰走路、琴酒、人頭馬、金門高粱、XO、日本清酒，還有許多不曾看過，瓶子很漂亮的酒，神桌上什麼酒都有，我不知道，現在的神進步到喝外國洋酒，眞是有趣的事。

因爲這些和都市拜的祭品，眞的大不同，咱們工商業社會，普遍大家都很忙，只簡單準備飲料、汽水和一些熟食店買的三牲、便菜飯。比較起來，可以清楚看見文化快速變遷，愈文明的地方，生活文化改變愈大，難怪阿娟要感嘆芳苑的普渡一年不如一年了！

另外一條街上，是普天宮舊廟前，威武莊嚴的立著一尊舌頭又紅又長，靑面白目，粗濃的眉毛旁長兩支尖尖的角，看起來面目凶猛可怕的鬼王（阿娟說，不可以說「鬼王」，要說「普渡公」）；也有人說是大士爺，祂是普渡盛會不能缺席的角色，神氣威風地站在廟門前，祂是所有孤魂野鬼的統帥，於普渡的過程中，負責管理所有的小鬼；另一方面，大士爺頭上有一尊觀世音菩薩，代表菩薩化身的意思，鎮壓在廟宇入口處，阻擋鬼靈入侵，保護當地的子民。

阿娟看見這尊普渡公，感慨極深，她說，小時候，都是她幫

等等,一直糊到外口面,金光閃閃的瘠鬼仔殼、衫仔褲、鞋仔到完工;細漢時陣的情景,親像置眼前,如今阿公的身影已經無底揣囉!時間無情,互人欲哭無目屎。

奇怪的是,干單過一條街爾爾,傳統普渡公頭前的棚仔架內底,普渡的牲禮逐變做一寡鳳片糕抑是麵粉做的紅蟳、龍蝦、倒退 lu 等人工海產,桌仔頂若毋是汽水,就是鋁箔包的飲料、餅干等等;實在想攏無,行過一條街仔爾爾,汰會有遮呢大的差別,遮呢無全的景緻,使人好奇。這條街仔猶閣有一項特色,桌邊排真濟竹籠仔貯的祭品,貯甲尖尖尖親像葵笠仔仝款,我給斟酌看,原來竹籠仔頂頭,有囥一塊枋仔,枋仔頂懸有米、粽、水果、餅干等等,囥甲尖尖尖,毋過,竹籠仔內底是空心的,內底干單囥兩條蕃薯意思意思爾爾,甚至有的連蕃薯都無,內底空空空,聽講卡早的竹籠仔是用竹仔做的,這陣看著的是塑膠做的,每一個祭品頂頭有插一枝普渡旗,歸片旗海,看起來誠壯觀,互人感覺真腥臊的款。

巫府千歲廟有阿娟囡仔時的記智,細漢的阿娟,無親像一般的查某囡仔返幼秀,逐擺攏坐置廟前石獅的身軀頂,恁老母入去廟內拜拜的時,阿娟置廟埕耍石獅嘴內底的石球,彼款日子,真正是無煩無惱;坐置邊仔門的戶碇頂頭,看著對門彼個無牌的醫生厝內,出出入入的患者,親像看盡世間生、老、病、死的眾生相,這款影像互阿娟比別人卡捌代誌,嘛卡早知影惜福。

天暗了後,我轉到阿娟恁外家,阿伯已經泡好一鈷上等的高山茶,阿姆煮一桌腥臊閣芳貢貢的料理,互阮這陣飫鬼囡仔,食

忙阿公一起糊普渡公，從做竹架、煮麵粉糊、糊白漿糊、糊紙等等，一直糊到表面，金光閃閃的面具、衣服及鞋子到完工；小時候的情景，歷歷在眼前，如今阿公的身影已經無處尋了！時間無情，令人泫然欲泣。

奇怪的是，僅僅走過一條街而已，傳統普渡公前的棚架裏面，普渡的牲禮竟然全是一些鳳片糕或者是麵粉做的紅蟳、龍蝦、倒退 lu 等人工海產，桌上若不是汽水，就是鋁箔包的飲料、餅乾等等；實在想不通，僅僅相隔一條街而已，差別為什麼會這麼大，如此不同的風景，令人好奇。這條街還有一個特色，桌子旁邊擺很多竹籠子裝的祭品，裝得尖尖的像極了斗笠，我認真看了一下，原來竹籠子裏面，放著一塊板子，板子上放白米、粽子、水果、餅乾等等，堆得尖尖的，不過，竹籠子裏面是空心的，裏面只放兩條蕃薯意思意思罷了，甚至有的連蕃薯都沒有，裏面空蕩蕩的，據說以前的竹籠子是用竹子做的，現在看到的是塑膠做的，每一個祭品上面都插著一支普渡旗，整片旗海，看起來很壯觀，讓人感覺很豐盛的樣子。

巫府千歲廟有阿娟孩提時代的記憶，童年的阿娟，不像一般的女孩子那麼端莊，每次都坐在廟前的石獅子身上，她母親進去廟裏拜拜時，阿娟會在廟前玩石獅子嘴裏的石球，那段日子，真的沒有煩惱；坐在側門的門檻上，看見對面那家密醫的家裏，進進出出的患者，就如同看盡人世間生、老、病、死的眾生相，這樣的印象使阿娟比別人更早熟，也比較早懂得惜福。

天黑之後，我回到阿娟娘家，伯父已經泡好一壺上等的高山

甲粗飽粗飽。

　　欲上車的時陣，我猶原掛念芳苑特殊的人文景緻，家家戶戶的女兒窗，阮已經問過歸庄的大人、囡仔，無人會凍給我解說；抱著一絲仔希望，我企置車門邊仔請教阿伯原由，阿伯講，怹遮會做這款窗仔門，有兩種作用，第一是防賊偷，另外一個作用是，芳苑遮海邊仔風透，濕氣中帶著真厚的鹽分，做鐵窗會生銹，所以才用塑膠水管代替鐵窗，會凍防賊偷閣昧生銹，一兼二顧摸蜊仔兼洗褲，真好用閣經濟。內面到底是啥物材質？阿伯講，彼內底灌紅毛土，安呢才會勇，用鋸仔嘛鋸昧開。

　　實在有夠讚！可愛的芳苑人，可愛的水管窗仔，互我永遠難忘的庄頭，真有特色閣有文化，互我大開眼界，阿娟的故鄉親像「獅仔座」的伊全款，真活骨閣有個性，我恰意。

茶,伯母煮一桌豐盛又香噴噴的料理,讓我們這群饑腸轆轆的孩子,飽餐一頓。

在上車前,我仍然掛念著芳苑特殊的人文景觀,家家戶戶的女兒窗,我已經問過全村的老人和小孩,沒有一個人可以為我解釋;抱著一絲希望,我站在車門邊請教伯父原由,伯父說,他們這裏會做這種窗戶,有兩個作用,第一是防盜賊,另外一個作用是,芳苑這裏靠海邊風大,濕氣中帶著濃厚的鹽分,做鐵窗會生鏽,所以才用塑膠水管代替鐵窗,可以防盜又不會生鏽,一兼二顧摸蜊仔兼洗褲,實用又經濟。裏面究竟是什麼材質?伯父說,裏面灌水泥,才會堅固,用鋸子也鋸不開。

實在太神奇了!可愛的芳苑人,可愛的水管窗,讓我永難忘懷的村莊,既有特色又有文化,令我大開眼界,阿娟的故鄉就像「獅子座」的她,靈活又開朗有個性,我喜歡。

[台語]

你的世界是我探昧著的天星

　　你講，你的世界是我探昧著的天星。你逐工上班、下班、飲酒、唱歌、看電影，三不五時拍麻雀，無聊抑是孤單的時去PUB坐坐咧，叫一杯仔酒，食一枝仔薰，燒酒一杯閣一杯，薰一枝續一枝，時間一寸一寸流無去，消失去的光陰，是買昧轉來的青春。酒後的你，感覺心內真空虛，真稀微，迸迸怨嘆講：「活咧有啥路用？」

　　心情鬱卒的時，招幾個仔朋友去KTV，大聲唱歌解心悶。三更半暝才入門，老父、老母早就睏去啊！恁某坐置電視頭前互電視看，咧等你轉來，其實你嘛明知伊咧等你，毋過閣給伊唸：「遮暗仔閣毋去睏，歸工干單會曉看電視。」踏著酒醉的七星步，行對囝仔的房間門口過，拄好聽著囝仔咧陷眠講：「爸爸啥物時陣才會佮咱鬥陣食暗頓？」夜深暝靜，這句話清清楚楚鑽入你的耳孔，你遂歸個人清醒起來，腳步停落來，斟酌算算咧，差不多有歸半月日，無佮囝仔相拄頭囉！

　　隔轉工，你來揣我，又閣給我講：「你的世界是我探昧著的天星。」這擺，你決定欲探討我的三不政策：無應酬、無交際、無夜歸的生活是安怎過？你叫我給你當做隱形人，除了食飯以外，攏給你當做無存在，做我平常時仔做的代誌，這對我來講是

[華文]

你的世界是我探不到的天星

　　你說，你的世界是我探不到的天星。你每天上班、下班、喝酒、唱歌、看電影，三不五時打打麻將，無聊或者是孤單的時候去 PUB 坐一坐，叫一杯酒，抽一根烟，酒一杯接一杯，烟一枝又一枝，讓時間一寸一寸流逝，消失掉的光陰，是買不回來的青春。酒後的你，感覺內心空虛、寂寞，還常常抱怨：「活著到底有什麼用？」

　　心情鬱卒的時候，找幾個好朋友去 KTV，大聲唱歌解心愁。三更半夜才回家，爸爸、媽媽早就睡著了！你老婆坐在電視前給電視看，在等你回家，其實你也明白她是在等你，但是依然要唸她：「那麼晚了還不睡，整天只會看電視。」踏著酒醉的七星步，走過孩子的房門口，剛好聽到孩子在說夢話：「爸爸什麼時候才會跟我們一起吃晚飯？」夜深人靜，這句話清清楚楚鑽入你的耳朵，你整個人清醒過來，腳步停下來，仔細算一算，差不多有半個月，沒有和孩子碰頭了！

　　第二天，你來找我，又對著我說：「你的世界是我探不到的天星。」這次，你決定要探討我的三不政策：不應酬、不交際、不夜歸的生活是怎麼過的？你叫我把你當做是隱形人，除了吃飯之外，都把你當做不存在，去做我平常做的事，這對我來講是一

一件眞趣味的遊戲。

下班了後，你逮(toe³)我去黃昏市場買菜，趕轉去厝裏煮暗頓，歸家口仔鬥陣食飯，食飽了後，囡仔去做功課，我看冊、寫稿，佮囡仔討論功課，互相分享今仔日發生的代誌，今仔日拄好囡仔的功課卡少，偆的時間，就給怹講台灣民間故事，這擺講「雷公佮熠爁婆」的囡仔古，尾仔毋知安怎講起怹阿爸卡早褪赤腳巡田水，拄著蛇的驚惶往事，大家笑甲眞大聲。

你問阮查某囝：「怹爸爸、媽媽禮拜時仔，敢有chhoa⁷怹出去蹉跎？」阮查某囝講：「阮禮拜早起大部分去文化中心聽吳姐姐講故事，閣去美術館看各種無仝款的畫展，有西洋的、中國的、本土的、抽象的……」

有東時仔，近的物件看完，就去看遠的山水，去郊外行行咧，看恬靜的山、多變的雲、厚話的海。鼻一寡青翠野味的草仔枝、樹葉仔芳，倒置山坪(phiaN⁵)的草仔頂，佮雲鬥陣雲遊四海，逮雲去流浪，做一下仔神仙夢。有時去海墘仔，看青藍的海闊茫茫、水天相連的景緻，日落黃昏時，大海欲吞天，請海風替阮洗禮，洗甲心靈開脾閣清氣；轉來了後，頭殼內又閣會凍貯足濟物件。

囡仔去眠了後，我繼續猶未寫完的稿，你問我，寫遐有的無的，一工到暗趴(phak)置桌仔頂，你敢昧艱苦，這款的人生敢有趣味？我笑笑仔講：「你毋是迭迭咧講，我是你探昧著的天星，毋過，這個世界對我來講充滿平靜、快樂、充實、幸福。咱一世人加減愛對家己有交代，卡時行的講法就是『青春不要留

件非常有趣的遊戲。

　　下班之後，你跟我去黃昏市場買菜，趕回去家裏煮晚餐，全家一起吃飯，吃飽飯後，小孩去做功課，我就看書、寫稿，和小孩討論功課，互相分享今天所發生的事情，今天剛好小朋友的功課較少，剩下來的時間，就跟他們講台灣民間故事，這次說的是「雷公和閃電婆婆」的故事，後來不知怎麼去講起他爸爸童年打赤腳巡田水，遇到蛇的驚險往事，大家都笑成一團。

　　你問我女兒：「你爸媽禮拜天，有沒有帶你們出去玩？」我女兒說：「我們大部分禮拜天早上會去文化中心聽吳姐姐講故事，再去美術館看各種不同的畫展，有西洋的、中國的、本土的、抽象的……」

　　有時，近的東西看完，就去看遠的山水，去郊外走一走，看恬靜的山、多變的雲、聒噪的海。聞一聞青翠野味的青草香、樹葉的芬多精，躺在山坡的草皮上，和雲一起雲遊四海，跟雲去流浪，做一會兒神仙夢。有時去海邊，看海寬廣的深藍、水天相連的景緻，黃昏日落時，大海欲吞天，請海風為我們洗禮，洗得心靈潔淨無塵；回來之後，腦海裏又可以容納很多東西。

　　小朋友上床後，我繼續未寫完的稿，你問我，寫那些有的沒的，一天到晚趴在桌上，你不會累嗎，這種人生有趣味嗎？我笑著說：「你不是常常講，我是你探不到的天星嗎，不過，這個世界對我來講是平靜、快樂、充實、幸福的。一個人一輩子多少對自己要有所交代，比較時髦的講法就是『青春不要留白』，你說有道理嗎？」

白』，你講有道理否？」

你無給我應，干單企踮阮一位書法家朋友送的一幅對聯頭前
真久真久。彼幅對聯寫「百年哪得再百年，今日還需愛今日」。

　　你沒回應我的話語，只是默默的站在我一位書法家朋友送的對聯前面很久很久。那幅對聯寫「百年哪得再百年，今日還需愛今日」。

［台語］

追憶一代宗師
——林天從畫家

　　佮林天從、林銘毅父囝置台中市的台語文研究社熟識。阮攏是熱愛鄉土的人，當時福佬話閣講昧輪轉的我，總是看著林天從老師消瘦的形影出現置開會現場，伊逐擺一定會用福佬話發言。落尾，鄭順娘文教公益基金會舉辦兒童福佬話講古比賽，看著林老師 chhoa⁷ 一位真幼秀的查某孫，以滑溜又閣活潑的母語參賽，結果得著大獎，彼陣，我才感覺這個母語家庭做甲遮呢徹底，我頭一擺看著台灣人的骨氣，是以保存家己的母語成做尊嚴，這款信念，置我三十幾多的歲月當中，頭一擺出現，而且衝擊著我的心，撞甲會出聲閣會疼。

　　知影林老師是畫家，是置伊省立美術館個展彼年；熱愛鄉土、熱愛家園、熱愛台灣的林老師，無論是寫文章抑是畫圖，攏恰意以家己生長的環境落筆，身邊的人物、厝內的佈置、莊腳的建築物、山川林木，以民間風俗、歷史事件作畫，展現出時代背景和生活中的文化變遷現象。親像：「母與子」表現伊內心的溫柔情緒；「台後」反映演員置台仔頂 chhiaN-iaN⁷ 背後的真實人生；「美濃好天」、「關西農家」、「莊頭」、「收成」等，以莊腳景物表現土地的感情佮觀照；「御者」、「和平的祈禱」等，是諷刺台灣

[華文]

追憶一代宗師
——林天從畫家

　　和林天從、林銘毅父子是在台中市的台語文研究社認識。我們都是熱愛鄉土的人，當時福佬話還講不輪轉的我，總是看到林天從老師消瘦的形影出現在開會現場，他每次一定會用福佬話發言。後來，在鄭順娘文教公益基金會舉辦的兒童福佬話講古比賽時，看到林老師帶一位長得很標緻的孫女，以流利順暢又生動的母語參賽，結果得到大獎，那時，我才體會到這個母語家庭執行得如此徹底，我首次見識到台灣人的骨氣，是在於保存自己的母語為尊嚴，這種信念，在我三十幾年的歲月當中，頭一次出現，重重地敲擊著我的心，敲到會出聲音還會痛。

　　知道林老師是畫家，是在他省立美術館個展那年；熱愛鄉土、熱愛家園、熱愛台灣的林老師，無論是寫文章或者是作畫，都喜歡以自己生長的環境下筆，身邊的人物、居家擺飾、鄉下的建築物、山川林木，以民間風俗、歷史事件入畫，展現出時代背景和生活當中的文化變遷現象。例如：「母與子」表現他內心的溫柔情緒；「台後」反映演員在台上光鮮亮麗背後的真實人生；「美濃好天」、「關西農家」、「莊頭」、「收成」等，以鄉村景物表現土地的感情和觀照；「御者」、「和平的祈禱」等，是反諷台灣政治亂

政治亂象佮對未來的祈禱;「蘭嶼晴天」、「蘭嶼曙光」、「頭目」等
作品,是對原住民的人、事、物的關懷記錄;「自由自在」、「悠
然自得」、「伴」、「鎮宅吉祥」、「白百合」、「窗邊靜物」、「桌上一
瞥」等,攏是真有特色的作品;魚和靜物,是林老師的專長,有
伊參人無全的特質。

　　林老師自認是一位「無風格的畫家」,毋過,有一位學生提家
己畫的魚仔去裱框的時陣,裱框師父真意外講:「這明明是林天
從老師的圖嘛!毋過,伊無愛收學生,這幅圖汰會有林老師的精
神置內底?」位以上的畫面通看出林老師偉大的人格,老師一向
以生活點滴入圖,對遮咱會凍了解林老師是一位認真生活,而且
惜情、惜福、惜緣,把握當下的人。

　　迭迭置《蓮蕉花台文雜誌》內底看著林老師的專欄「兩分鐘的
感人故事」,親像:〈有功無賞〉、〈我不敢釣魚〉、〈挽草仔〉……
等,攏是伊置生活中親身體驗過的感人文章,每擺讀著攏會誠感
動,嘛真有教育意義。

　　林老師是教師出身,一生教育英才無數,無論置學校、家庭
抑是社會上,伊一直盡心盡力咧牽教身軀邊每一個人,為著台灣
的未來,伊感覺教育非常重要,毋過,言教不如身教,伊總是對
家己做起,才鼓勵身邊的人鬥陣來完成。這款偉大的教育家兼藝
術家,伊無私奉獻一生,完成使命了後,已經去天頂做神。看著
林老師的相片,引起我無限的思念,老師的慈容,老師的聲音,
永遠置阮的心肝內,阮永遠會記得伊。

　　捌聽過一個真實的故事,中部有一個收藏家兼畫家,有一

象與對未來的祈禱;「蘭嶼晴天」、「蘭嶼曙光」、「頭目」等作品,
是對原住民的人、事、物的關懷記錄;「自由自在」、「悠然自
得」、「伴」、「鎮宅吉祥」、「白百合」、「窗邊靜物」、「桌上一瞥」
等,皆是很有特色的作品;魚和靜物,是林老師的專長,有他炯
然不同的特質。

　　林老師自詡是一位「無風格的畫家」,但是,有一位學生拿他
自己畫的魚去裱框時,裱框師父很驚訝的說:「這明明是林天從
老師的圖嘛!不過,他不愛收學生,這幅畫怎麼會有林老師的精
神在裏面?」由以上的畫面可見林老師偉大的人格,老師素以生
活點滴入畫,從這點我們可以了解林老師是一位認真生活,而且
惜情、惜福、惜緣,把握當下的人。

　　常常在《蓮蕉花台文雜誌》裏面看到林老師的專欄「兩分鐘的
感人故事」,例如:〈有功無賞〉、〈我不敢釣魚〉、〈挽草仔〉……
等,都是他在生活當中親身體驗過的感人篇章,每次讀來總是讓
人感動莫名,而且也很有教育意義。

　　林老師是教師出身,一生教育英才無數,無論在學校、家庭
或者是社會上,他一直盡心盡力在教導身邊的每一個人,為了台
灣的未來,他認為教育非常重要,但是,言教不如身教,他總是
從自己做起,才鼓勵周圍的人一起來完成。這種偉大的教育家兼
藝術家,他無私奉獻一生,完成使命之後,羽化成仙。看著林老
師的相片,引起我無限的追思,老師的慈容,老師的聲音,永遠
留在我們心裏,我們永遠都會記得他。

　　曾經聽過一個真實的故事,中部有一位收藏家兼畫家,有一

工,老畫家叫怹囝來,問怹講:「我若往生的時,恁會安怎處理我遮的圖?」怹囝互相看看咧,無人講話,過一搭久仔,其中一個才講:「阮會給圖收去倉庫保存起來。」其他的囝無講話;對彼工起,老畫家就將伊所收藏佮家己一筆一筆費盡心血所畫的圖,一件一件捐出去送人。

林銘毅老師置怹老爸在生的時,提供一個真好的場所,為林天從老師成立「林天從美術館」,開放互人參觀,這種做法佮頭前彼個故事比起來,林銘毅老師的精神佮孝道實在值得呵咾,使人敬佩。

林天從老師往生三年囉!這三年來,伊瘦瘦慈祥的面容不時浮現置我的心頭。如今才會凍體會,想欲見閣見昧著的淒涼佮無奈,三年的舊情,互我數念的林老師,伊永遠活置阮的心目中。

——2004.4《蓮蕉花台文雜誌》

天，老畫家叫他的孩子來，問他們：「我若往生之後，你們會怎麼處理我這些畫作？」他的孩子們互相對看，沒人講話，過一會兒，其中一位兒子才講：「我們會把圖收到倉庫保存起來。」其他的孩子沒說話；從那天起，老畫家就把他所收藏以及自己一筆一筆費盡心血所畫的畫作，一件一件捐出去送人。

　　林銘毅老師在他父親有生之年，提供一個很好的場所，為林天從老師成立「林天從美術館」，還開放參觀，這種做法和前面的故事比起來，林銘毅老師的精神和孝道實在值得稱讚，令人敬佩。

　　林天從老師往生三年了！這三年來，他瘦瘦慈祥的面容不時浮現在我的心頭。如今才深深體會，想見又見不到的淒涼和無奈，三年的舊情，讓我思念的林老師，永遠活在我們的心目中。

[台語]

薰衣草姑娘

　　阿薰是阮查某囝姍蓉的好朋友，姍蓉和伊同窗三年以來，時常受著伊的照顧，伊除了有一粒慈悲善良的心以外，做代誌揹力閣真有責任感，伊家己的代誌，逐項攏親身做，絕對昧因爲是病人，揣藉口去推該當做的代誌，伊比別人閣卡認眞完成家己的空課，這是我對伊上尊敬的所在。

　　阿薰自細漢就得著先天海洋性貧血症，這種病嘛號做地中海型貧血症，六歲的時陣經過醫生證實到旦，伊逐工攏受著病魔的凌治，十幾年來昧凍安寧過日，醫生論斷伊活昧過十七歲，置伊小小的心靈內底，必須承受生命的短暫和病魔的凌治，一個生做面模仔幼秀的查某囡仔，長期破病，面色黃酸，體格嘛細粒籽，對當青春的伊來講，是偌呢仔殘酷的事實。

　　會記得有一擺，老師出一個作文題目〈十年後的我〉，阮查某囝姍蓉看著阿薰坐置桌仔頭前憨神憨神，彼種無法度面對現實的眼神，艱苦眞久，姍蓉講：「媽，你攏毋知影，當逐家歡歡喜喜置咧幻想、計劃家己的未來時，伊彼種無助又閣無奈的眼神，空虛無望的表情，互人看著足毋甘、心足疼的，我若想著伊隨時愛面對家己的死亡，彼種痛苦、彼款心情，我就想欲哭。」

　　有一擺，阮一家口仔去台北，將姍蓉寄置阿薰恁(in)兜，姍

[華文]

薰衣草女孩

　　阿薰是我女兒姍蓉的好朋友，姍蓉和她同學三年以來，時常受到她的照顧，她除了有一顆慈悲善良的心之外，做事勤快而且非常有責任感，她自己的事情，每件都不假他人之手，絕對不會因爲是病人，找藉口去推托該做的事，她比別人更認眞完成自己的工作，這是我對她最尊敬的地方。

　　阿薰從小就得到先天海洋性貧血症，這種病又稱地中海型貧血症，六歲的時候經過醫生證實至今，每天都受到病魔的侵蝕，十幾年來沒有過安寧的日子，醫生推斷她活不過十七歲，在她小小的心靈裏，必須承受生命的短暫和病魔的侵蝕，一個長得眉淸目秀的女孩子，長期生病，臉色憔悴，個子也不高，對於青春歲月的她來講，是多麼殘酷的事實。

　　記得有一次，老師出一道作文題目〈十年後的我〉，我女兒姍蓉看見阿薰坐在課桌前發呆，那種無法面對現實的眼神，難過了很久，姍蓉說：「媽，你都不知道，當大家高高興興的在幻想、計劃自己的未來時，她那種無助又無奈的眼神，空虛無望的表情，令人看了很不捨、心很痛，我一想到她隨時要面對自己的死亡，那種痛苦、那樣的心情，我就想哭。」

　　有一回，我們全家一起去台北，將姍蓉寄在阿薰家，姍蓉要

蓉去怹兜路裏，騎腳踏車互轎車撞著，好佳哉，阿薰敖變竅，隨
時拍電話請怹爸爸來，怹 chhoa⁷ 姍蓉去病院，陪伊去看醫生，
照電光、檢查孔嘴等等，甚至猶 chhoa⁷ 姍蓉轉去怹兜蹛，眞用
心給照顧，阿薰怹老父猶閣主動替姍蓉收驚，阿薰恐驚姍蓉半暝
會發燒，一暝顧到天光，伊彼款幼秀又閣透明的心，永遠是遐呢
仔體貼，遐呢仔得人疼，伊的心中充滿愛佮慈悲。伊上會凍體會
啥物是愛的眞意，我迭迭咧想，伊是天使下凡，嘛是人間菩薩。

　　阿薰雖然愛長期忍受各種病疼的折磨，嘛因爲海洋性貧血引
起其他症頭，比如：糖尿病佮長期血糖過懸引起的酮酸中毒，長
期接受輸血造成的 B 型肝炎和 C 型肝炎等等，一再互伊小小的
生命忍受著無盡的折磨。

　　但是，阿薰上討厭別人給伊當做病人看待。伊的作業定著親
身完成，從來毋肯互人鬥相共，有時陣，姍蓉和伊鬥陣做作業，
看伊動作卡慢，做甲眞辛苦，想欲給伊鬥做，伊攏毋肯，伊寧可
無停睏來完成作業，嘛迭迭歸暝無睏做作品，以伊的身體狀況，
是昧堪得通宵無睏，伊若一暝無睏，體力無夠病魔就隨來，這亦
是伊會時常向學校請假的原因。伊對家己該做的代誌，毋捌推
辭，伊的巧心妙手，閣卡受逐家呵咾，無論手工藝抑是「生機飲
食」，落灶腳煮食做點心，泡各種花茶、飲料等等，伊攏做甲眞
上手，甚至比專家閣卡專業。伊嘛佮其他同學全款，下課了後，
轉到厝嘛愛幫忙做家事，洗衫、煮飯等空課。

　　金牛座的伊，做代誌態度頂眞又閣有耐性，雖然一半擺仔嘛
有固執的時陣，在我看來，伊是善意固執，做伊該做的代誌。

去她家途中，騎腳踏車被轎車撞倒，還好，阿薰處事機靈，馬上打電話請她爸爸來，她們載姍蓉去醫院，陪她看醫生，照 X 光、檢查傷口等等，甚至還把姍蓉帶回她家住，用心照顧，阿薰她父親也主動幫姍蓉收驚，阿薰擔心姍蓉半夜會發燒，一夜照顧到天明，她那纖細又玲瓏剔透的心，永遠是如此的體貼，那麼善解人意，她的心中充滿愛和慈悲。她最懂得愛的真諦為何，我常常想，她是天使下凡，也是人間菩薩。

阿薰雖然要長期忍受各種病痛的磨難，也因為海洋性貧血引起其他併發症，例如：糖尿病及長期血糖過高引起的酮酸中毒，長期接受輸血造成的 B 肝和 C 肝等等，一再使她小小的生命忍受著無窮的折磨。

但是，阿薰最討厭別人把她當做病人看待。她的作業必定親自完成，從來不肯讓別人幫她忙，有時，姍蓉和她一起做作業，看她動作比較慢，做得很辛苦，想要幫忙她做，她都不肯，她寧願不眠不休來完成作業，也常常徹夜不眠做作品，以她的身體狀況，是不能通宵不眠的，她若一夜無眠，體力不支病魔就會來，這也是她時常向學校請假的原因。她對於自己該做的事，不曾推辭，她的巧心妙手，更受到大家賞識，無論手工藝或者是「生機飲食」，下廚烹飪做點心，泡各種花茶、飲料等等，她都很拿手，甚至比專家還專業。她也和其他同學一樣，下課後，回到家也要幫忙做家事，洗衣、燒飯等工作。

金牛座的她，做事情態度認真又有耐性，雖然偶爾也有固執的時候，在我看來，她是擇善固執，做她該做的事。

　　阿薰雖然身體無好，但是伊真樂觀，伊適(su³)常用哲學家的口氣講：「我毋免活真久，但是我愛活得真快樂。」這點互我真大的啟示佮勉勵，嘛是我應該愛向伊學習的所在。只要我拄著任何困難，就會想起阿薰這句名言，想著伊的精神和伊開朗的笑容，時常互我誠大的鼓舞，這句話陪我行過無數擺的人生考驗。上明顯的一遍是我開刀蹛院的時陣，拄才做好手術的我，麻醉藥拄仔退，孔嘴疼搐(tiuh)搐，因為插尿管的緣故，加上腹肚頂囥一包止血袋，醫生真慎重交待過，不准翻身！不准振動！倒置病床頂頭撐直直咧受折磨，引起腰痠背疼，實在有夠艱苦，真正感覺生不如死，全身骨頭昧輾斷斷去仝款，實在真痛苦。當我想著阿薰和伊的名言的時，雖然笑昧出來，但是會凍轉換情緒，互家己靜靜體會「無論身在何處，我攏愛快快樂樂活咧」的境界，果然一個轉念，會使互人卡有勇氣面對現實，孔嘴的痛苦嘛卡有能力通好擔當。

　　出院，轉來厝了後，阿薰聽著消息走來看我，而且紮真濟中藥材和補血的補品，真用心給我教，這欲安怎燉、彼(he)愛安怎飲，攏給我交代到清清楚楚，自細漢食素的我，除了無啥會曉照顧別人以外，閣卡昧曉照顧家己，阿薰的中藥材和補血的補品，確實帶互我神奇的效果，對恢復體力真有幫贊。

　　姍蓉無置厝的期間，阿薰嘛是會提大包細包來看我，阮適常分享著家己的生活經驗，和破病的奮鬥史，阿薰恰意藝術和讀冊，所以阮真有話講。有時陣，送來家己種的玫瑰花，給伊插置客廳，歸廳芳貢貢、貢貢芳，芳味位厝內飛到街頭巷尾，目睭瞌

　　阿薰雖然身體不好，但是她很樂觀，她時常用哲學家的口氣講：「我不必活太久，但是我要活得很快樂。」這點給了我莫大的啓示和勉勵，也是我應該要向她學習的地方。只要我遇到任何挫折時，就會想起阿薰這句名言，想到她的精神和她開朗的笑顏，時常給我莫大的鼓舞，這句話陪我走過無數次的人生考驗。最明顯的一次是我開刀住院的時候，剛動完手術的我，麻醉劑剛退，傷口痛到不行，因爲插尿管的緣故，加上肚子上面放著一包止血袋，醫生愼重交待過，不准翻身！不准動！倒在病床上直挺挺的受煎熬，引起腰痠背痛，實在痛徹心扉，眞的感到生不如死，全身骨頭好像快斷掉，苦不堪言。當我想到阿薰和她的座右銘時，雖然笑不出來，但是可以轉換情緒，讓自己靜靜體會「無論身在何處，我都要快快樂樂活著」的境界，果然轉一個念頭，讓人比較有勇氣面對現實，傷口的痛苦也比較有能力承擔。

　　出院，回家之後，阿薰聞訊跑來看我，而且帶來很多中藥材和補血的補品，很用心的教我，這個要怎麼燉、那個要怎麼喝，都交代得清清楚楚，從小吃素食的我，除了不太會照顧別人之外，更不會照顧自己，阿薰的中藥材和補血聖品，確實帶給我神奇的效果，對恢復體力大有助益。

　　姍蓉不在家的期間，阿薰也會提著大包小包來看我，我們時常分享自己的生活經驗，和生病的奮鬥史，阿薰喜愛藝術和閱讀，所以我們很聊得來。有時，送來自己種的玫瑰花，把花插在客廳，滿室香噴噴的，香味從家裏飛到街頭巷尾，閉上眼睛聞著花香，好像自己也化成蝴蝶，飛舞在玫瑰花園，看著玫瑰花一瓣

瞌鼻著花芳，親像家己嘛化做蝶仔，飛舞置玫瑰花園，看著玫瑰花一瓣一瓣置咧開，就親像看見生命美妙的展示佮歡喜，清芳的花味有時厚厚有時薄，飄散置厝內每一角勢，阿薰帶來可愛的玫瑰花，昧輸輸送互我一座美麗的花園，歸個世界隨時充滿著溫暖的幸福感，對破病昧凍出門的我來講，這是非常貼心的禮物，我真恰意。

　　一個風和日麗的早起，阿薰又閣送來一盆枝葉蓊(om⁷)蓊、花苞蕊蕊，家己種的薰衣草，以及三十五叢台灣本土百合花栽，阿薰一直真恰意薰衣草，伊恰意薰衣草薄薄的芳味，和無啥好種的挑戰感，為著欲種活薰衣草，伊毋知開掉偌濟錢買薰衣草栽，嘛毋知影流偌濟汗水，費盡心思、體力和精神，才有今仔日遮的成果。後來，發現阿薰送互我薰衣草的日子，拄好是情人節進前，阮相招到企家附近新開的一間咖啡廳，店名拄好號做「薰衣草堂」，遐(hia)有真純的咖啡和幼路的便餐，阮置彼間咖啡廳內底寫一首詩：

　　　　淺紫色的天堂
　　　　瀰漫 E 世代的芬芳
　　　　有一種薰衣草花茶
　　　　讓淡淡的青春流放

　　　　梅花型白磁餐盤
　　　　盛滿店家的溫情笑貌

一瓣綻開，就像看見生命美妙的伸展與喜悅，馥郁的花香有時濃
有時淡，飄揚在家裏的每個角落，阿薰帶來可愛的玫瑰花，好比
送給我一座綺麗的花園，整個世界頓時洋溢著溫暖的幸福感，對
於病中不能出門的我來講，這是非常貼心的禮物，我好喜歡。

　　一個風和日麗的早晨，阿薰又送來一盆枝葉繁茂、花苞累
累，她自己種的薰衣草，以及三十五株台灣本土百合花苗，阿薰
一向很喜歡薰衣草，她喜愛薰衣草淡淡的清香，以及不太容易種
的挑戰感，為了種活薰衣草，她不知花掉多少金錢去買薰衣草
苗，也不知流了多少汗水，費盡心思、體力和精神，才有今天這
個成果。後來，發現阿薰送我薰衣草的日子，剛好是情人節前
夕，我們相約到住家附近新開的一間咖啡廳，它的店名正好叫做
「薰衣草堂」，那裏有香純的咖啡和精緻的簡餐，我們在那間咖啡
廳裏寫了一首詩：

　　　　淺紫色的天堂
　　　　瀰漫 E 世代的芬芳
　　　　有一種薰衣草花茶
　　　　讓淡淡的青春流放

　　　　梅花型白磁餐盤
　　　　盛滿店家的溫情笑貌
　　　　一株小小的薄荷葉
　　　　留住整個夏季的味蕾

一株小小的薄荷葉
留住整個夏季的味蕾
咀嚼美女的顏
和帥哥的殷勤佐餐

一扇水藍色落地玻璃窗
隔開城市的喧囂煩悶
把仲夏炎炎的熱浪關在門外
偷得浮生半日閒
啜一口香醇濃郁的咖啡
任懶洋洋的午后
隨著泡芙去流浪

坐在玫瑰花叢裏
欣賞薰衣草特有的浪漫
只有請你自己
來薰衣草堂找答案

　　阿薰知影我愛花，舊年，頭一擺送我一叢抃才欲開花的薰衣草，毋捌花性的我，無夠一禮拜就將花開甲蓊蓊的薰衣草顧死去，第二禮拜發現連根都爛去啊！我心肝內萬分著急艱苦，感覺真對不住阿薰，我將給花顧死的消息講互阿薰知，阿薰不但無怪我，反倒轉來安慰我講，伊抃買轉來種的時陣，嘛全款種昧活，

咀嚼美女的顏
和帥哥的殷勤佐餐

一扇水藍色落地玻璃窗
隔開城市的喧囂煩悶
把仲夏炎炎的熱浪關在門外
偷得浮生半日閒
啜一口香醇濃郁的咖啡
任懶洋洋的午后
隨著泡芙去流浪

坐在玫瑰花叢裏
欣賞薰衣草特有的浪漫
只有請你自己
來薰衣草堂找答案

　　阿薰知道我愛花，去年，第一次送我一株剛要開花的薰衣草，不諳花性的我，不出一禮拜就把花苞繁盛的薰衣草給顧死了，第二禮拜發現連根都爛掉了！我心裏萬分著急難過，覺得很對不起阿薰，我將把花顧死的消息說給阿薰聽，阿薰不但沒怪我，反過來安慰我說，她剛買回來種的時候，也一樣種不活，經過很多次的研究才種成功。這是我第一次，把薰衣草和阿薰連在一起最深刻的印象，當我看見阿薰又送一盆花苞串串的薰衣草

經過眞濟擺的研究才種成功。這是我頭一擺,將薰衣草和阿薰連做夥上深的印象,當我看見阿薰閣送一盆花苞蕊蕊的薰衣草時,眞耽心閣驚惶,阿薰竟然無怪我進前顧死薰衣草的前科,這回猶閣送來一叢悠厝裏上媠(sui²)的薰衣草(落尾去悠兜發現悠厝的花園仔內,無一叢薰衣草比伊送互我的彼叢閣卡翕),使我感動眞久,這內底蘊藏著阿薰柔軟的包容心。

這擺薰衣草置阮兜活了眞有趣味,二、三十蕊一綰(koaN⁷)一綰,深茄仔色的花穗,壯觀閣美麗,除了家己欣賞以外,嘛特別和阿薰分享,人客來的時陣,我就會親像展寶彼款,專工對陽台搬來客廳桌頂,和雅友鬥陣飲茶賞花,談詩歌、談文學、談藝術、談人生,嘛談生命的眞意和薰衣草姑娘的故事,小小的客廳充滿著浪漫溫馨的氣氛,薰衣草薄薄的清芳豐富著阮的心靈視野,下晡的彩虹繪光阮的笑聲,彼美麗的畫面久長停眠置阮兜客廳,薰衣草成就一段人間天堂,心肝底閣再感恩阿薰慷慨送花的情誼和體貼的溫情。

阿薰是一位慈悲的小菩薩,五月節前幾工,伊聽著阮細漢查某囝怡嫻講想欲綁肉粽,就邀請阮去悠兜綁粽,另外猶閣招伊的同學美惠做夥過來,綁肉粽是非常厚工、複雜的代誌,愛先買粽葉仔、揀糯米以及買各種的材料,愛代先浸米、洗粽葉仔,愛閣先醃肉等等,眞濟項厚工的空課,伊揣兩個完全昧曉綁肉粽的茱鳥仔,你就會凍想著伊一個人,需要負責外大的工作量,伊的身體本來就虛弱,當伊綁肉粽了後,暗時身軀閣愛揹著吊大筒射的儀器,一工至少愛注八至十點鐘的排鐵劑才會使,另外閣愛考慮

時，旣耽心又害怕，阿薰竟然沒怪我之前顧死薰衣草的前科，這回又送來一株她們家最漂亮的薰衣草（後來去她家發現她家的花園裏，沒有一株薰衣草比她送給我的那株更茂盛），使我感動良久，這裏頭蘊藏著阿薰柔軟的包容心。

這次薰衣草在我家活得很起勁，二、三十朵成串成串，深紫色的花穗，旣壯觀又美麗，除了自己欣賞外，也特地和阿薰分享，客人來的時候，我就會像展示寶貝那樣，專程從陽台搬來客廳桌上，和雅友一起喝茶賞花，談詩歌、談文學、談藝術、談人生，也談生命的眞諦和薰衣草女孩的故事，小小的客廳瀰漫著浪漫溫馨的氣氛，薰衣草淡淡的清香豐富著我的心靈視野，午後的彩虹劃亮我們的笑聲，那美麗的畫面久久停留在我家客廳，薰衣草成就了一段人間天堂，心裏一再感恩阿薰慷慨贈花的情誼和體貼的溫情。

阿薰是一位慈悲的小菩薩，端午節前幾天，她聽見我小女兒怡嫻說想要綁粽子，就邀請我們去她家綁粽子，另外還邀約她的同學美惠一起過來，綁粽子是非常繁瑣、複雜的工作，要先買好粽葉、選糯米以及購買各種材料，要事先泡米、洗粽葉，還得先醃肉等等，許多繁瑣的工作，她找來兩個完全不會綁粽子的生手，你就能夠了解她一個人，需要負責多大的工作量，她的身體本來就虛弱，當她綁完粽子，晚上還得揹著點滴儀器打點滴，一天至少要注八至十小時的排鐵劑才行，另外還要考慮到我們家吃素食，美惠她家吃葷的，葷的、素的一大堆材料要泡、要洗、要切，並不是輕鬆的事。事後我才聽女兒姍蓉說，美惠的母親在去

著阮兜食素食，美惠悠兜食臊(chho)的，臊的、素的一大堆材料愛泡、愛洗、愛切，並毋是輕鬆的代誌。事後我才聽查某囝姍蓉講，美惠的老母置舊年往生，悠老母在生的時，逐年攏會綁肉粽，今年五月節欲到的時，美惠的老父突然間吐露想欲食粽的心情，有孝的美惠給這個心願講互阿薰聽，慈悲可愛的阿薰，為著欲圓美惠的心願，特別邀請伊來厝裏綁肉粽，順續邀請阮鬥陣來。了後，我聽著一個閣卡驚人的消息，原來美惠悠老父最近發現得著癌症尾期，本成就消瘦落肉的美惠，小小年紀欲安怎承擔這款悲慘的人生咧？好佳哉，伊猶閣有阿薰這款真誠貼心的朋友，阿薰成人之美的心思又閣是何等的可貴啊！

　　看著阿薰的所做所為，就親像伊上意愛的薰衣草全款，散發著芬芳的本質，感染別人，嘛順續芳著家己，薰衣草姑娘阿薰，一個特別互人心疼的查某囝仔，人若花蕊，溫柔又閣善良，伊是一叢生命力堅強，感情豐富的解語花；伊彼款為人設想的精神，拄好是當今社會上缺欠的，總講一句，人生的意義就是付出「愛心」，迭迭保持快樂的心情，徹底感受生命的奇蹟，永懷感恩的心，阿薰小小的年紀就明白人生無常，時時刻刻活置當下，關懷身軀邊的人，適時出手援助，不管時幫助別人，熟識阿薰這個忘年之交，嘛互我認捌愛佮包容，使我閣卡會曉珍惜、感恩身軀邊所有的一切。

——原稿華文

年往生，她母親在世時，每年都會綁粽子，今年端午節快到時，美惠的父親突然吐露想要吃粽子的心情，孝順的美惠把這個心願說給阿薰聽，慈悲可愛的阿薰，為了一圓美惠的心願，特別邀請她來家裏綁粽子，順便邀請我們一起來。事後，我又聽到一個更驚人的消息，原來美惠她父親最近發現得了癌症末期，原本就瘦弱的美惠，小小年紀要如何承擔這種悲慘的人生呢？好在，她還有阿薰這樣真誠貼心的朋友，阿薰成人之美的心思又是何等的可貴啊！

　　看見阿薰的所做所為，就像她最鐘愛的薰衣草一樣，散發著芬芳的本質，感染別人，也順便薰香了自己，薰衣草女孩阿薰，一個特別讓人心疼的女孩子，人如其花，溫柔又善良，她是一株生命力堅強，感情豐富的解語花；她那為人設想的精神，正是現今社會最欠缺的，總歸一句，人生的意義就在於付出「愛心」，時常保持快樂的心情，徹底感受生命的奇蹟，永懷感恩的心，阿薰小小的年紀就明白人生無常，時時刻刻活在當下，關懷身邊的人，適時伸出援手，隨時隨地幫助他人，認識阿薰這個忘年之交，也讓我認識愛和包容，使我更懂得珍惜、感恩身邊所擁有的一切。

【後記】此書付印時，得知美惠的父親了無遺憾的吃到了粽子，離開了人世。阿薰又成就了一個沒有遺憾的美德。

［台語］

長相思

　　彈完一首「長相思」，目屎恬恬仔流落，想起昔日佮你作陣的日子，若毋是彈琴、就是郊遊，有時仔寫詩、有時研究文學，抑是置落雨的街頭散步。

　　窗仔外的雨水又閣落昧停，毋過，雨已經毋是卡早的雨，情嘛毋是卡早的情囉。有影是：「有心看雨疑是詩，無心看雨疑是痴。」上恰意去的所在是阮兜後壁的埤岸，埤岸頂種滿柳樹，小可有風吹來，怹就會輕輕仔跳舞。咱兩人捌鬥陣寫一首歌，題名「長堤情」：

> 我又陪你走長堤，走在夕陽暮色裏，
> 遠見炊烟冉冉升起，小溪環抱著綠地，
> 情人雙雙慢步履，你我手相攜，
> 揮去一身日落金衣，迎來星月照天際，
> 款款柔情兩相依，此刻最甜蜜。
>
> 我又陪你走長堤，親親你可知我心意，
> 夏日裏蛙鳴鳥又啼，歌聲嘹亮又清晰，
> 堤上垂柳柔細細，似我一番綿綿情意，

[華文]

長相思

　　彈完一首「長相思」，眼淚悄然滑落，憶起昔日與你共度的時光，或彈琴、或郊遊，有時寫詩、有時研究文學，或是在下雨的街頭漫步。

　　窗外的雨又是下不停，不過，雨已經不是從前的雨了，情也不是以前的情。有道是：「有心賞雨疑是詩，無心賞雨疑是痴。」最喜歡去的地方是我家後面的堤防，堤防上種滿柳樹，稍有微風吹來，它們就會輕輕的跳舞。我們曾連袂寫一首歌，題名「長堤情」：

　　　　我又陪你走長堤，走在夕陽暮色裏，
　　　　遠見炊烟冉冉升起，小溪環抱著綠地，
　　　　情人雙雙慢步履，你我手相攜，
　　　　揮去一身日落金衣，迎來星月照天際，
　　　　款款柔情兩相依，此刻最甜蜜。

　　　　我又陪你走長堤，親親你可知我心意，
　　　　夏日裏蛙鳴鳥又啼，歌聲嘹亮又清晰，
　　　　堤上垂柳柔細細，似我一番綿綿情意，

並肩走完這長堤，已是夜闌人靜時，

我願陪你走長堤，直到白髮蒼蒼此心永不移。

　　咱兩人捌用洞簫、古箏合奏，嘛迭迭雙箏合奏，毋過，彼甜蜜美好的日子攏成做過去囉，一直到這陣嘛無法度閣揣著一個親像你這款的知音啦。置台北實踐堂的彼場演奏會，你真好膽，置幾千個觀眾面頭前選擇「鳳求凰」演出，你講是爲我演奏的，你愛互衆人知影你的心意、你的愛。你敢知，當時的我是偌呢仔幸福咧，欲哪知會變甲即馬遮呢孤單淒涼！

　　初初教我彈「紅豆詞」的時，你要求我愛連彈帶唱，彼工教授愛我上台演奏這首「紅豆詞」，彼是置你結婚了後一禮拜的代誌，我汰會放昧記得，咱兩人逐擺鬥陣彈這首曲的情景，彼種靈通，彼款和諧，彼份情意，眼光相拄的時所射出來的火星，總是互我想著你無限的溫柔情意。

　　有一遍你出國，轉來了後，眞無簡單揣著一個心型的透明玻璃罐仔，內底貯一粒一粒紅帕帕的紅豆仔籽，你叫我愛好好仔收藏，你講彼代表你的心，一粒紅豆就是一個相思。彼暗欲睏進前，我給紅豆仔攏總倒出來，算算咧拄好有一百空八粒。這個數字拄好是佛家的圓數，念珠頂懸嘛是有一百空八粒舍利子，敢毋是咧？安呢互我閣卡堅定你我的緣份。這件代誌，一直到咱兩人分手了後，有一個機緣拄著清蓮法師，才領悟一百空八粒就是一百空八個劫數的意思。互我閣卡相信佛家的解說。

　　爲著這個原因，我請求清蓮法師渡我皈依三寶伴青燈，伊干

並肩走完這長堤，已是夜闌人靜時，

我願陪你走長堤，直到白髮蒼蒼此心永不移。

　　我們曾以洞簫、古箏合奏，也常雙箏合奏，可是，那段甜蜜美好的日子都已成追憶，直到如今無法再找到一位像你這般的知音。在台北實踐堂的那場演奏會，你真是大膽，在幾千個觀眾面前選擇「鳳求凰」演出，你說是為我演奏的，你要讓眾人知道你的心意、你的愛。你可知，當時的我是多麼的幸福呢，又怎堪落得今日的孤涼悲淒！

　　初初教我彈「紅豆詞」時，你要求我要連彈帶唱，那天教授要我上台演奏這首「紅豆詞」，那是在你結婚後一個禮拜的事，我怎能忘記，我倆每次一起彈唱這首曲子的情景，那種默契，那樣和諧，那份情意，眼光相遇時所散發出來的火花，總是讓我想到你無限的溫柔情意。

　　有一次你出國，回來之後，好不容易找來一只心型的透明玻璃瓶，裏面裝滿一粒粒紅艷艷的相思豆，你叮嚀我要好好收藏，你說那代表你的心，一粒紅豆就是一個相思。當晚睡前，我把相思豆通通倒出來，數一數剛好有一百零八粒。這個數字也是佛家的圓數，念珠上不是也有一百零八粒舍利子嗎？這樣使我更堅定你我的緣份。這件事，一直到我們分手之後，有一個機緣遇見清蓮法師，才領悟一百零八粒乃是意味著一百零八個劫數的意思。使我更加相信佛家的解釋。

　　為了這個原因，我請求清蓮法師渡我皈依三寶伴青燈，他僅

單感慨講：「施主情緣未了，紅塵劫未消；佛渡有緣人，難渡紅塵客，施主猶是請回吧！」行落石階一步比一步閣卡沉重，人海茫茫佗位才是我的歸屬？繼續唱到「忘不了新愁與舊愁，嚥不下玉粒金波噎滿喉……」唱咧唱咧，毋知啥物時陣目屎已經流歸面，好佳哉這首曲調我熟甲目睭瞌（kheh）瞌嘛會曉唱，唱到遮，嘛是嘴齒根咬咧，一句一句忍耐給唱煞；唱完第二遍，雄雄企起來，深深行一個禮，就那行那走對後台落去，觀眾熱烈的搏（phok）仔聲昧凍安慰我的創傷，佮教授相閃身的時，伊注意著我無啥正常的表情，我只好勉強佮伊笑笑咧，教授安搭我的肩胛頭，無講啥物，等到古箏互工作人員搬落台的時，清采裝入去箱仔底，無等慶功宴我就先走啊，希望教授會凍諒解我的無禮。

這三年來，猶原對你牽腸掛肚，嘛捌作一首詩消遣家己，題名是「牽情」：

　　魂牽夢縈故情客，回首天涯歸南柯，
　　欲效長門誰與賦；情愫萬縷何所託。

唉！悲莫悲兮生別離，這個時陣閣互我想著予良的「信是有緣」，彼就是我即馬的心情：

　　別後歲月，只好以鮮紅的淚，灌溉蒼白的心；
　　此去經年，就像那高樹晚蟬，任憑知了知了，
　　也喚不回喚不回，漸行漸遠漸無音。

感慨道:「施主情緣未了,紅塵劫未消;佛渡有緣人,難渡紅塵客,施主還是請回吧!」踱下石階一步比一步更沉重,人海茫茫何處是我的歸屬?繼續唱到「忘不了新愁與舊愁,嚥不下玉粒金波噎滿喉……」唱著唱著,不知什麼時候已經淚流滿面,還好這首曲調我熟得眼睛閉著都能唱,唱到這裏,仍舊咬緊牙根,一句句忍耐著唱完它;唱完第二遍,匆匆起立,深深一鞠躬,就逕自往後台奔去,觀眾熱烈的掌聲不能安慰我的創傷,和教授擦身而過之際,他注意到我不尋常的表情,我只得勉強笑笑,教授拍拍我的肩,沒說什麼,等到古箏由工作人員移下台時,草草裝箱,沒等慶功宴我就先走了,希望教授能夠體諒我的失禮。

這三年來,仍對你牽腸掛肚,也曾作一首詩自遣,題名是「牽情」:

　　魂牽夢縈故情客,回首天涯歸南柯,
　　欲效長門誰與賦;情愫萬縷何所託。

唉!悲莫悲兮生別離,這時又讓我想到予良的「信是有緣」,那就是我現在的心情寫照:

　　別後歲月,只好以鮮紅的淚,灌溉蒼白的心;
　　此去經年,就像那高樹晚蟬,任憑知了知了,
　　也喚不回喚不回,漸行漸遠漸無音。
　　偶然相逢,但願以熟悉的笑,喚醒寂寞的心;

偶然相逢，但願以熟悉的笑，喚醒寂寞的心；
重敘前緣，好比那松柏蒼翠，任憑寒風刺骨，
也吹不斷吹不斷，漸纏漸繞漸情深。

既然是「漸纏漸繞漸情深」，哪有可能解會開這個用麥芽膏黏起來的心結咧？雖然毋捌閣再見面，總是加減有你的消息，聽講你嘛過了無快活，阿姆舊年過身。你捌寫一首詩，有人傳到我的手頭，題名是「獨活」：

大海濤濤一孤萍，天涯海角我獨行，
堪問世間啥最苦，朝夕相對無犀靈。

看著這首詩，會凍了解你的心情，總是希望你過著幸福快樂的日子，毋甘看你閣再悲傷艱苦，雖然你已經移民出國，總是映望你一切平安順序。

——原稿華文

重敘前緣，好比那松柏蒼翠，任憑寒風刺骨，

也吹不斷吹不斷，漸纏漸繞漸情深。

　　既然是「漸纏漸繞漸情深」，哪有可能解開這個用麥芽糖糾結起來的心結呢？雖然不曾再見到你，仍偶有你的消息，聽說你過得並不如意，伯母於去年仙逝。你曾寫過一首詩，輾轉落入我手中，命題是「獨活」：

大海濤濤一孤萍，天涯海角我獨行，

堪問世間啥最苦，朝夕相對無犀靈。

　　看見這首詩，可以了解你的心情，總是希望你能夠獲得幸福快樂的日子，不忍看見你悲傷痛苦的心情，雖然你已經移民出國，總是希望你一切平安順遂。

——1994.2《古今藝文雜誌》

［台語］

闖入桃花源

　　今仔日的天氣眞燠歁（au³ hip），氣溫上低 27 度，上懸 34 度，實在熱甲想欲使性地，因爲心情無好，家己一個騎機車去山區，彼條路毋是普通的彎，有影坎坷歹行，無輸新店到宜蘭的九彎十八斡（oat），沿一條生份的山路行去，愈行愈拋荒，厝愈來愈少，路嘛愈行愈細條，凡勢心情無好的關係，我並無想欲回頭，一路飆過去，突然間山風起，烏雲罩滿天，西北雨對頭前的山頂捙（chhia）桶倒，一時昧赴匿，沃甲昧輸一隻落鼎的雞仔。這種經驗學生時代拄過，已經十幾年毋捌有這款場面矣，歸身軀澹漉漉，澹透歸領內衫，實在眞無爽快。幾分鐘前猶出大日頭，一時仔就毋知走佗匿，眞是怪奇！

　　西北雨捙桶倒，忽然間，山路邊出現一間枋仔厝，連想都無想，就給機車騎入去彼戶人家的大埕，趕緊跳落車匿入去別人兜的坽簷（gim⁵ chiN⁵）腳，企了後才發現，遠遠的山早就互雲霧拆食落腹，大雨嘩嘩叫一直落，這時耳孔邊傳來雄狂的狗吠聲，驚動厝內底的主人，大門拍開的時，我拄咧揪裙裾捘（chun⁷）水，門內出現一位白毛長鬚、仙風道骨的人，雄雄看著這款畫面，歸個頭腦做一下愣（gang⁷）去，除了歹勢以外，猶懷疑家己是毋是來到三度空間，已經脫離紅塵？

[華文]

闖入桃花源

今天的天氣非常悶熱，氣溫最低 27 度，最高 34 度，實在熱得很想發脾氣，因為心情不好，自己一個人騎著機車進入山區，那條路不是普通的彎，實在崎嶇難行，可以媲美新店到宜蘭的九彎十八拐，沿著一條陌生的山路騎去，愈走愈荒涼，房子愈來愈少，路也愈走愈小條，可能是心情不好的關係，我並不想回頭，一路往前直飆，山風驟起，烏雲密佈，西北雨從前面的山頂狂奔而來，想躲都無處可躲，淋得像一隻落湯雞似的。這種經驗學生時期遇過，已經十幾年不曾有這樣的場面了，全身淋得濕漉漉的，滲透進內衣裏，怪不舒服的。前一刻還出大太陽，一瞬間不知道躲到哪兒去了，真是奇怪！

西北雨傾盆狂瀉而來，忽然間，山路旁出現一間木造的房子，連想都沒想一下，就把機車騎進那戶人家的院子，趕緊跳下車躲進別人家的屋簷下，站穩之後才發現，遠遠的山頭早就被雲霧吞噬，豪雨嘩啦嘩啦猛下著，此時耳邊傳來猛烈的狗吠聲，驚動了屋內的主人，大門開啟的時候，我正好拉著裙角擰水，門裏出現一位白髮長鬚、仙風道骨的人，突然看見這種畫面，整個頭腦一時愣住，除了尷尬之外，還懷疑自己是不是身處三度空間，脫離紅塵人間？

　　當我回神的時，雄雄聽著這位仙風道骨的長者，滿面笑容請我入去，我毋敢入去，干單頷（aN³）落去看家己澹糊糊的衫仔褲，伊猶原面帶笑容講：「雨雄雄落來，無澹嘛困難，無要緊，入來坐啦。」我歹勢歹勢入去客廳，主人請我坐籐椅，衫仔裾的水一直滴落土腳，因為戴安全帽，長頭毛干單澹一半，毋過，另外一半猶原滴滴答答滴昧停，主人提一條乾面巾和一杯燒咖啡互我，和善的面容，親像家己親人遐呢親切，我歹勢歹勢提面巾拭頭毛佮黏置身軀澹漉漉的衫仔，面巾摺好了後，捧起桌頂的咖啡輕輕仔飲一嘴，彼足熟識的麥斯威爾低糖低脂的味，我絕對昧飲毋著，彼時的我，目睭定著是驚奇閣發光，我竟然親像一個天真的囡仔，續嘴就講：「這是麥斯威爾低糖低脂咖啡！」主人用目尾給我 sut 一下，沒講啥物。這時的我，干單會凍用「尷尬」兩字來形容。

　　日頭的光線瑞氣千條，射入來窗仔內，雨停矣。

　　想欲緊來相辭通避免歹勢，行出大門逐看著悠厝的圍籬頂，掛滿青綠色的時計（百香）果，土直話緊的我，忍昧稠大聲咻，早就昧記得拄才咖啡的代誌。「哇！是時計果。」「這叢是波羅蜜。」「這是櫻桃。」「這是石榴。」「這是重瓣鳳仙。」我一個人 seh-seh 唸唸昧停，這陣，主人感覺我真趣味，誠親切給我講花草經，伊請我坐坽簷腳的椅仔，踮遐看著厝頂蒸（chhing³）烟，紅毛土的土腳和點仔膠厝頂嘛烟 phong⁷-phong⁷ 塊（ing），樟樹的葉仔置發光，松（chhing⁵）仔樹葉掛著一粒一粒透明的雨珠，光影影真圓真媠，拄才坽簷腳大雨滴落的雨幕，即馬滴滴答答演奏音樂，

　　當我回神過來，突然聽到這位仙風道骨的長者，笑容可掬的請我進屋，我不敢造次，只是低頭看自己濕淋淋的衣褲，他仍然帶著笑容道：「雨來得突然，不濕也難，沒關係，進來坐坐吧。」我靦腆地走入客廳，主人請我坐在籐椅上，衣角的水還不斷的滴到地上，因為戴安全帽，長頭髮只濕了一半，但是，另外一半依然滴滴答答的滴個不停，主人取來一條乾毛巾和一杯熱咖啡遞給我，那和善的容顏，就像自己親人那般的親切，我拘謹的拿起毛巾擦頭髮以及黏在身上濕答答的衣服，摺好毛巾之後，捧起桌上的咖啡輕輕地啜飲一口，那最熟悉的麥斯威爾低糖低脂的味道，我絕對不會喝錯，當時的我，相信眼眸是驚喜而發光的，我竟然像個天真的小孩般，口無遮攔就說：「這是麥斯威爾低糖低脂咖啡！」主人用眼角餘波瞄我一下，沒說什麼。此刻的我，只能用「尷尬」兩個字來形容。

　　太陽光千絲萬縷的撒進窗櫺，雨停了。

　　想要起身告辭以避免難堪，走出大門赫然發現他家的圍籬上，掛滿青綠色的百香果，心直口快的我，不禁又驚呼出聲，早就忘了剛才喝咖啡的事。「哇！是百香果。」「這棵是波羅蜜。」「這是櫻桃。」「這是石榴。」「這是重瓣鳳仙。」我一個人唸個不停，這時，主人覺得我很有趣，親切的跟我講起花草經，他請我坐在屋簷下的椅子上，坐在那兒看見屋頂在冒烟，水泥地面和柏油屋頂也是白烟裊裊，樟樹的葉子在發光，松葉尖掛著一粒一粒晶瑩剔透的雨珠，一閃一閃地又圓又美，剛剛屋簷下豪雨垂落的簾幕，現在正滴滴答答奏著樂章，聲音好聽極了。

聲音眞好聽。

　　沿彎彎幹幹的山路離開桃花源，行轉市區的路，遂發現點仔膠路乾乾，好親像無落過雨全款，毋過，我轉到厝洗身軀洗好出來，發現窗外的雨落甲不止仔大，歸座花園互西北雨洗甲淸氣沾 (tam) 沾。

　　過無偌久，我想欲 chhoa⁷ 朋友去參觀彼間眞有詩意又閣種眞濟花草的厝，順續買一寡名產去給阿伯仔說多謝，想昧到，無論阮的車安怎踅、安怎揣，就是揣昧著彼個所在。

——原稿華文

　　沿著彎彎曲曲的山路離開桃花源，走回市區路上，竟然發現柏油路是乾的，好像從未下過雨的樣子，不過，當我回到家洗好澡出來，發現窗外的雨下得不小，整座花園被西北雨清洗得清潔溜溜。

　　隔一陣子，我想帶朋友去參觀那間很有詩意又種許多花草的房子，順便買些名產去向老伯道謝，想不到，無論我們的車子怎麼轉、怎麼找，就是找不到那個地方。

[台語]

中晝茶

　　童坤妹是我的朋友內底，上浪漫閣自由的人。

　　今仔日中晝，阮佮往年仝款，為著慶祝教師節，請王映湘老師佮師母徐紅玉女士；賴彩美和班長陶成貴，鬥陣約置台中市文化局附近的「蓮花齋」食中晝。

　　逐擺食飽了後，坤妹就會邀請阮去伊置美術館附近的厝飲咖啡，伊是煮咖啡的高手，代先，伊互阮一杯家己發明的「火龍果摻優酪乳」絞的汁，用透明的水晶觺(lo³)腳杯仔貯(te²)，色水是真鮮的茄仔色摻白色的優酪乳，變做粉粉的茄仔色，看起來清雅閣浪漫，真正是一位浪漫的詩人，一年四季周遊列國，欲佮伊見面攏愛排時間，伊用水晶透明杯仔貯這種果汁特別清明好看，誠吸引人，捧杯仔起來飲，彼款酸酸甜甜的滋味，加上火龍果本身的果汁芳味，潤喉好飲，昧輪享受世間天然的美味。

　　今仔日，坤妹用巴西咖啡豆招待阮，阮五個人輪流耍古早式的磨豆仔機，用手搖的咖啡色機器，下腳有一個四角的箱仔，頂頭有一個杯仔嘴，會凍囥咖啡豆仔，猶閣有會使踅(seh⁸)的手搖柄，真好耍，嘛真雅氣。坤妹講，伊招待普通人客用印尼的豆仔就會使，款待阮這陣文學儒家，一定愛用上好的巴西豆仔才有氣質。毋那安呢，伊的點心是上等的「芋仔肉餅」，猶閣另外為我準

[華文]

下午茶

童坤妹是我的朋友裏面，最浪漫、自由的一個。

今天中午，我們和往年一樣，爲了慶祝教師節，請王映湘老師及師母徐紅玉女士；賴彩美和班長陶成貴，一起約在台中市文化局附近的「蓮花齋」聚餐。

每次飯後，坤妹就會邀請我們去她在美術館附近的家喝咖啡，她是煮咖啡的高手，首先，她請我們喝一杯自己發明的「火龍果加優酪乳」打的果汁，使用透明的水晶高腳杯裝，顏色是鮮亮的深紫色加上乳白色的優酪乳，調成粉粉的淡紫色，看起來清雅又浪漫，不愧是一位浪漫的詩人，一年四季周遊列國，想要和她見面得先預約，她使用水晶透明杯子裝這種果汁特別清明好看，十分吸引人，舉杯入喉時，那種酸酸甜甜的滋味，加上火龍果本身的果汁芳香，潤喉好喝，好比享受人間天然的美味。

今天，坤妹以巴西咖啡豆招待我們，我們五個人輪流玩著古董式的磨豆機，用手搖的咖啡色機器，下面有一個四方形的木盒子，上面有一個杯嘴，可以容納咖啡豆，還有可以旋轉的手搖柄，十分雅緻，眞好玩。坤妹說，她招待普通的客人用印尼的豆子就可以，款待我們這群文學儒家，一定要用上好的巴西豆才有氣質。不只如此，她的點心是上等的「芋仔肉餅」，還特別爲我準

備素食的藍莓餅，互我眞感動。

　　逐擺，看著伊眞熟手用酒精燈煮咖啡的表情，有一種浪漫、幸福的感覺，彼款輕鬆恰幼秀的表情，就是伊的人生哲學；優雅的生活培養出伊的浪漫天性，便若媠的物件伊攏想欲摻一跤。當然，伊煮出來的咖啡定著誠好飲，芳醇潤喉，互人呵咾甲 tak 舌。伊飲咖啡的哲學是摻奶精，昧使摻糖，伊講：「摻糖的咖啡會變酸，而且奶精愛摻兩種才會芳，一種是『奶油球』，一種是『奶精粉』，先給『奶精粉』攪互齊勻，才慢慢仔給『奶油球』淋（lam⁵）置咖啡頂頭，安呢會凍保溫，咖啡卡昧冷去，看起來閣美觀。」坤妹煮的咖啡昧酸昧苦昧澀，芳醇厚味，會凍飲著咖啡的本質佮原味，伊講摻糖會破壞咖啡的原味，所以無欲互阮糖。我眞搵恄（sai nai）給講：「逐擺來恁兜飲咖啡，妳攏毋互阮糖食。」逐家聽了攏笑甲大細聲，互飲咖啡的氣氛加誠趣味。

　　飲完咖啡，嘴內底的芳味猶閣眞厚，伊竟然欲閣請阮飲怹朋友送的、收藏二十幾年的好茶（潽耳茶），茶泡好了後，我毋飲。我講：「安呢，會給我嚨喉的咖啡芳味沖掉。」結果，伊閣去提一罐無籽的梅仔干請逐家食，猶一直強調彼是香光佛學院的師父送的，叫阮一定愛食看覓，等我食了後，才發現咖啡的芳味已經對嘴內底流失去啊，我閣大聲喝講：「我互伊騙去啊！」只好乖乖飲彼泡二十幾冬的好茶，有影誠好飲！

　　食中畫茶，爲阮這陣師生帶來眞大的口福和無限的溫暖，逐擺去坤妹怹兜，總是會受著總統級的款待，莫怪伊會遐無閒，每工攏有一大陣的朋友排列欲去怹兜作客，阮這陣內底，干單倌伊

備素食的藍莓餅乾，讓我感動萬分。

　　每次，看到她熟練的使用酒精燈煮咖啡的神情，有種浪漫又幸福的感覺，那種輕盈秀美的表情，正是她的人生哲學；優雅的生活培養出她的浪漫天性，凡是美的事物她都想要沾染一番。當然，她煮出來的咖啡可不是蓋的，芳醇潤喉，令人讚不絕口。她喝咖啡的哲學是加奶精，不准加糖，她說：「加糖的咖啡會變酸，而且奶精要加兩種才會香，一種是『奶油球』，一種是『奶精粉』，先把『奶精粉』攪均勻，再慢慢的把『奶油球』淋在咖啡上頭，這樣可以保溫，咖啡比較不容易冷卻，看起來又美觀。」坤妹煮的咖啡不酸不苦不澀，香醇濃厚，可以喝到咖啡的本質與原味，她說加糖會破壞咖啡的原味，所以不給我們糖。我撒嬌的說：「每次來妳家喝咖啡，妳都不給糖吃。」大家聽了笑聲隆隆，讓喝咖啡的氣氛更加有趣。

　　喝完咖啡，嘴裏的香味猶濃，她竟然又要請我們喝朋友送的、收藏二十幾年的好茶（普耳茶），茶泡好之後，我不喝。我說：「這樣，會把我喉嚨裏的咖啡香味沖掉。」結果，她又跑去拿一罐無籽的梅子干請大家吃，還特別強調那是香光佛學院的師父送的，叫我們一定要嚐嚐看，等我吃完之後，才發現咖啡的香味已經從嘴裏流失了，我又大聲嚷嚷：「我上當了！」只好乖乖喝那泡二十幾年的好茶，真的很好喝！

　　喝下午茶，為我們這群師生帶來最大的口福和無限的溫暖，每回去坤妹她家，總是受到總統級的禮遇，難怪她會這麼忙，每天都有一大群的朋友排隊要去她家作客，我們這群裏面，只剩她

一個猶未出册,連師母都有出一本《懷念萬能的慈母》;這個坤妹
實在太無閒咧,咧無閒「吃喝玩樂」!

——原稿華文

一個人還沒出書，連師母都出了一本《懷念萬能的慈母》；這個坤妹實在是太忙了，忙著「吃喝玩樂」！

[台語]

感恩的故事

　　阿母拄咧準備暗頓，無閒甲行昧開腳，聽著外口大路的鑼鼓聲，原來是爲著媽祖生的廟會咧迎鬧熱，迎鬧熱的陣頭經過門口。彼時，三歲的小侄仔，聽見遮呢鬧熱的鑼鼓聲，感覺眞好奇就拍開紗門，對迎鬧熱的人群行去，遂行甲失蹤去。

　　等阮老母煮好頭一路菜，捧來客廳桌頂的時，才發現置客廳耍的孫仔無去啊！一時著急甲親像燒鼎頂的蚼蟻，房間、便所、灶腳、厝前厝後、巷仔路、圳溝仔邊、圳溝底，逐位揣透透，揣點外鐘，揣甲強欲起痟，猶原一點仔消息都無，阿母急甲目屎津津流。眞無簡單等到四嫂下班轉來，知影囡仔失蹤去，兩個人才分頭去揣。菜市仔、埠岸邊、小公園仔，攏總揣無囡仔的影跡。

　　四嫂置路裏拄著拄仔下班轉來的阿爸，閣給這個消息講互伊知，阿爸的金孫失蹤去，伊比啥人都卡緊張，隨給腳踏車越頭，順著大路去走揣，而且大聲喚金孫的名。只要有路就鑽，有道就行，揣甲大粒汗細粒汗，攏無歇喘。四嫂置附近揣無，只好走卡遠的所在去揣，落尾置離厝一千外公尺的所在，拄著一個面容慈善的老婦仁人，伊眞誠懇行過來問四嫂，是毋是咧揣一個三歲左右的囡仔，四嫂聽一下，歡喜甲昧講話，干單頭殼一直點(tim³)。彼個婦仁人用眞肯定的口氣講：「妳一定是彼個囡仔的老母！恁

[華文]

感恩的故事

母親正在準備晚餐，忙得不可開交，聽到外面大馬路上鑼鼓喧天，原來是爲了媽祖誕辰的廟會在遊行，遊行的隊伍經過家門前。當時，三歲的小姪子，聽見如此熱鬧的鑼鼓聲，感到很好奇就打開紗門，迎向遊行的人群裏去，竟然走丟了。

等我母親煮好第一道菜，端來客廳桌上時，才發現在客廳玩的孫子不見了！一時急得像熱鍋上的螞蟻，房間、廁所、廚房、屋前屋後、巷子裏、水溝旁、水溝內都找翻了，找了一個多鐘頭，找到快發狂，仍然一點消息都沒有，母親急得淚流滿面。很不容易等到四嫂下班回來，聞知孩子失蹤，兩個人才又分頭去找。菜市場、堤防邊、小公園，都找不到小姪子的蹤跡。

四嫂在路上遇到剛下班回來的父親，又將這個消息傳給他，父親的金孫失蹤了，他比誰都緊張，立刻把腳踏車頭轉向，順著大馬路找去，並且大聲呼喚金孫的名字。只要有路就鑽，有道就行，找得滿身大汗也不停息。四嫂在附近找不著，只好走更遠的地方去找，最後在離開家一千多公尺的地方，遇到一位面貌慈善的老婦人，她誠懇地走過來問四嫂，是不是在找一位三歲左右的小孩，四嫂一聽，高興得說不出話來，只會拚命點頭。那位婦人以肯定的語氣說：「妳一定是那位小弟弟的媽媽！你們兩個的臉

兩人的面親像全一個模仔印出來的，全款全款。」

彼個婦仁人，隨 chhoa⁷ 四嫂去悽兜，阮侄仔竟然身軀洗好啊，猶閣換一軀小可大領的衫仔褲，坐置掛耶穌聖像頭前的一塊地毯頂頭食餅。四嫂看著囝仔才心肝頭定著落來，小侄仔看著媽媽，嘛驚甲憨憨大嘴開開，毋知影發生啥代誌。毋過，人講母囝連心，伊真緊就爬起來，手內猶閣提食一半的餅，搖搖擺擺走過來，手舉懸懸欲互老母抱。四嫂抱起失落的囝兒，目屎遂親像水道頭流昧離。老婦仁人企置邊仔，一直呵咾弟弟真乖，拄才有飼一碗飯，伊攏食了了，食飽了後就安安靜靜坐置地毯頂頭耍，攏昧吵人，實在真古錐。

原來暗頓的時間已經過去啊，逐家足足揣三點外鐘，天嘛已經暗啊，四嫂再三給好心的婦仁人說多謝了後，揹侄仔沿著黃昏的路燈趕轉來厝裏。阮老母隨走去對四嫂的腳脬胼(phiaN)給囝仔搶落來，趕緊攬置胸前，滿面全目屎，一直煦(u³)金孫紅咚咚、幼綿綿的面，彼款失去閣揣轉來的歡喜，酸澀佮甜蜜交織置目睭底。四兄趕緊踏腳踏車出去，給所有動員置外口，腹肚腸仔飫甲拍結的人，攏總揣倒轉來食飯。

隔轉工，四嫂買一籃進口水果，叫我陪伊去給彼位婦仁人說多謝。順續給借侄仔穿的衫仔褲送還伊。這位婦仁人親切又閣熱情招待阮，閣給阮侄仔抱起來坐跕伊的大腿頂頭，耍甲真歡喜。阮侄仔逐擺看著生分人就哭，干單這位陳太太給抱，伊攏真安份，陳太太有這款親切閣安全的氣質，互阮感覺自在安心。阮欲告辭的時，伊真熱心寫悽兜的電話番互阮，一再吩咐叫阮愛迭迭

就像同一個模子印出來的，一模一樣。」

　　那位婦人，帶著四嫂去他們家，我的小侄子竟然已經洗好澡了，還換上一套稍微大了點的衣褲，坐在掛著耶穌聖像前的一塊地毯上吃餅乾。四嫂看見孩子心頭才定下來，小侄子看見媽媽，也驚得發呆嘴巴張得大大的，不知道發生了什麼事。但是，人家說母子連心，他很快就爬起來，手裏還拿著吃剩半包的餅乾，搖搖晃晃跑過來，手舉高高的要媽媽抱。四嫂抱起失落的兒子，眼淚像水龍頭似地流不停。老婦人站在一旁，一直誇讚小弟弟真乖，剛才餵了一碗飯，他都吃完了，吃飽之後就安安靜靜坐在地毯上玩耍，都不會吵鬧，真可愛。

　　原來晚餐的時間已經過去啦，大家足足找了三個多鐘頭，天色也暗了下來，四嫂再三向這位好心的婦人道謝之後，揹侄子沿著黃昏的街燈趕回家來。母親即刻衝過去把孩子從四嫂的背上搶下來，緊緊抱在胸前，滿臉淚水磨擦著金孫紅咚咚幼嫩的臉龐，那種失而復得的喜悅，酸澀與甜蜜交織在眼底。四哥趕緊騎腳踏車出去，把所有動員在外，饑腸轆轆的家人，通通找回家來吃飯。

　　第二天，四嫂買一籃進口的水果，叫我陪她去那位婦人的家道謝。順便把借侄子穿的衣褲送還她。這位婦人親切又熱心的招待我們，還把我侄子抱起來坐在她大腿上，玩得很開心。我侄子每次見到陌生人就哭，只有這位陳太太抱他，他最安份，陳太太有這種親切又富安全感的氣質，使我們感到自在安心。我們要告辭時，她很熱心的寫下她家的電話號碼給我們，一再叮嚀我們要

chhoa⁷弟弟來蹉跎。毋過,過無偌久,阮chhoa⁷囡仔去恁兜的時,厝邊講陳太太的厝租到啊,已經搬走,嘛毋知搬去佗位。

　　代誌經過十二年,這陣拄好是復活節進前,阮給已經十五歲的姪仔,講起這段伊親身經過的故事,伊聽了真激動、真感恩。

　　如今想起來,親像昨昏的代誌,阮永遠都會記得,伊企置耶穌聖像下底,彼個慈祥誠懇的圓面,互阮深深體會著,聖經頂頭所寫的一句話:「你毋免別人的教導,就會凍了解其中的意思。」彼個陳太太,就是安呢咧傳播上帝的「愛」彼個人。

　　　　　　　　　　　　　　　　　　　──原稿華文

常帶弟弟來玩。可是，過沒多久，我們帶孩子去她家拜訪的時候，鄰居告訴我們陳太太的房子租約到期，已經搬走，也不知道搬到哪裏去了。

事情經過十二年了，正逢復活節前夕，我向已經十五歲的侄子，提起這段他親身經歷的故事，他聽了很激動，很感恩。

如今回想起來，就像是昨天的事情，我們永遠都會記得，她站在耶穌聖像下，那張慈祥誠懇的圓臉，讓我們深深體會到，聖經上所寫的一句話：「你不用別人的教導，就能夠了解其中的意思。」那位陳太太，就是這樣在散播上帝的「愛」的那個人。

——1993.11《古今藝文雜誌》

144

[台語]

田中央 khong³ 土窯

　　何素珍同學邀請阮公民大學哲學實驗室的同窗，到伊霧峰庄腳田中央的厝裏焢土窯，因爲塊欲過年啊，我卡無閒，有卡晚去。當我心驚膽嚇(hiaNh)騎 KYMCO 50CC 的機車，載比我卡懸大的查某囝怡嫻，位產業道路幹入去無成路的田岸仔路，位闊到隘，有影比考駕照閣卡困難危險，當我無簡單來到素珍怹兜門口的時，阮班裏的才子林當輝，用伊親切的好笑神行過來拍招呼。我神魂猶未定就大聲哀：「哦！這條小路味輸咧考駕照咧！」逐家聽著我的聲，紛紛越過來拍招呼，毋知啥人位大埕走入去灶腳，給主人通報講我來啊。素珍無閒切切隨走出來迎接我，給我扭入去客廳，將我交互哲學老師李元璋先生了後，伊家己閣倒轉去灶腳，繼續無閒做伊的代誌。

　　這個時陣，碰鏤空花磚牆圍外口空地仔頂頭的窯，同窗當咧無閒焢窯，天色近黃昏，天頂紅光赤紫，染規座收割了後拋荒的土地，日頭對西爿射過來，這是我這幾年來，唯一確定宇宙不變的腳跡。中部一向溫暖，毋過桂花卻隨時咧開花，菊花嘛無一定秋天才開花，蘭花四季攏會凍開甲妖嬌美麗芳貢貢，我咧想，台灣的花早就昧認得季節的面容囉。唯一猶閣正常運作的，就干單倩日頭爾爾。

[華文]

田中央埋土窯

　　何素珍同學邀請我們公民大學哲學實驗室的同學，到她霧峰鄉下田中央的家烤土窯，因為快過年了，我忙，去晚了。當我膽顫心驚的騎著 KYMCO 50CC 的機車，載著比我高大的女兒怡嫻，由產業道路轉進不像路的田埂上，由寬到窄，簡直比考駕照還難還危險，當我好不容易來到素珍家大門時，我們班的才子林當輝，用他親切的笑容走過來打招呼。我神魂未定就大叫：「哦！這條小路簡直是考駕駛執照！」大伙兒聽到我的聲音，紛紛回過頭來打招呼，不知誰從院子走進廚房，告知主人我的到來。素珍於百忙中飛奔出來迎接我，拉著我的手來到客廳，把我交給哲學老師李元璋先生之後，她自己又回到廚房，繼續忙著她的工作。

　　此刻，鑲著鏤空花磚圍牆外空地上的窯，同學們正忙著埋窯，已近黃昏，彤霞滿天，渲染著整座收割後荒涼的土地，太陽打從西邊射來，這是我這些年來，唯一確定宇宙不變的軌跡。中部一向溫和，可是桂花卻隨時開花，菊花也未必秋天才開花，蘭花四季都能開得璀璨芳香，我想，台灣的花早已認不得季節的容顏了。唯一還正常運作的，就只有太陽而已。

　　見了李老師，在他斯文俊俏的臉上，發現他頭上的頭髮白多

　　見著李老師，位伊斯文緣投的面容，發現伊頭殼頂的頭毛白
真濟，毋過緣投的氣質無變，和老師拍一下仔招呼，淑玉嘛行過
來參阮開講。我想欲趁天暗落來進前，欣賞素珍恁厝後埕種的
花，頂擺來的時陣，燈仔花佮蓮花開甲當嬌，茉瓜花嘛黃艷艷咧
展笑容，青甲欲出汁的茉瓜，一條閣一條掛置瓜棚頂懸，厝前的
玉蘭花芳貢貢，溪仔邊懸大的椰子樹掛著幾粒仔青色的椰子，檨
仔嘛零零星星生置樹仔頂，一幅真嬌的熱人豐收景象，加上四周
圍一大片青凌凌的稻仔，互人感覺充滿無限希望。

　　這陣，多節挂過，大寒欲到的季節，素珍躊置田中央的家
園，四箍笠仔光炎（iaN³）炎，花謝去囉，稻仔嘛收成了啊，連迭
迭來做客的白鴒鷥亦無看著影跡，鮕鮘的身影早就紡（phang²）
見，互人感覺蒼茫無望的淒涼。孤立置田中央的正身護龍頭前，
無大樓遮風，欲暗仔時，有小可仔涼意，我行入去灶腳，幫素珍
鬥款暗頓。

　　對灶腳出來，夜色已經深，意外發現正頭前輝煌 siaN⁵ 目的
燈火，中二高的路燈，歸片看過真誠壯觀，一葩接一葩，光甲親
像一條銀河全款，這是今仔日上嬌的景緻。我咧呼喝這款奇妙的
景象，同窗紛紛越頭看我，射過來天真可愛的眼光，一個一個互
我的驚奇表情，笑甲嘴合昧起來。

　　食幾項仔素珍恁老母親手種的有機蔬菜，彼款芳味干單庄腳
才有，純閣厚的土豆油芳味；這款芳味、這種場面，總有一、二
十年，　毋捌置大埕裏用餐囉！感覺又閣倒轉來囡仔時代，搬幾
塊椅頭仔，圍置桌前，食阿母煮的家己種的青菜，猶閣有彼厚厚

了，但英俊如昔，和老師寒暄一陣子，淑玉也過來和我們聊天。我想趁天黑之前，欣賞素珍家後院種的花，上回來的時候，燈籠花和蓮花開得正美，絲瓜花也黃艷艷的展現笑容，綠得汁液盈盈的絲瓜，一條一條的掛在瓜棚上，屋前的玉蘭花香氣撲鼻，小溪旁高高的椰子樹掛著幾顆青綠色的椰子，芒果也零零落落結上枝頭，一幅美好的仲夏豐饒景象，加上四周大片綠油油的稻穗，使人感覺充滿無限希望。

而今，冬至剛過，大寒將至之際，素珍位於田中央的家園，四面光燦燦的，花兒謝了，稻子收割完畢，連常來做客的白鷺鷥亦不見蹤影，泥鰍的身影早已絕跡，令人感到一片蒼茫無望的淒涼。孤立在田中央的三合院前，沒有高樓遮風，入夜時分，有點兒涼，我踱進廚房，幫忙素珍張羅晚餐。

從廚房出來，夜色已深，意外地發現正前方輝煌奪目的燈光，中二高的路燈，橫面排開十分壯觀，一盞接一盞，亮成一線像似銀河，這是今天最美的風景。我驚叫歡呼這奇異的景象，同學們紛紛轉頭看我，射過來天真可愛的目光，一個一個被我的驚訝表情，笑得合不攏嘴。

吃了幾道素珍她母親自己種的有機蔬菜，那香味只有鄉下才有，濃烈純厚的花生油香；這味道、這場景，總有十幾二十年，不曾在大院子裏用餐了吧！感覺又回到了孩提時代，搬幾張矮凳，圍在桌前，吃媽媽煮的自己種的青菜，還有那濃得化不開的花生油香。

嚐了一條「烘窯」地瓜，香又鬆軟的滋味，那泥土的芬芳，溫

昧散的土豆油芳。

　　噆(tam)一條「烘窯」蕃薯，芳閣 Q 塊塊的滋味，彼種土地的芬芳，溫暖閣清芳，這頓，帶著厚厚的古早味配飯，飼飽我思念的童年記憶。

　　天色傷暗，掛念厝內的翁倍囝毋知食飽未？彼條無路燈的田岸仔小路，我毋敢騎機車上路，麻煩素珍替我給機車騎到 300 公尺外的產業道路頂，伊遂堅持捒(sak)車陪阮一程，李老師和淑玉聽著阮欲先告辭，碗箸囥(khng³)落，起身相送，一送就送到庄仔外，那行那開講，置若羊腸仔的小路頂，又閣充分體會著哲學老師的哲學，生活就是互相往來、互相掛念，無論虛無抑是真實，置宇宙自然的空間，逐家有緣相逢，這份情、這份感受，就是宇宙原始的真理。

——原稿華文

暖而馨香，這一餐，帶著濃濃的古早味下飯，溫飽了我思念的童年記憶。

　　天色太暗，惦記著家裏的老公、孩子不知吃了沒？那條沒有路燈的田埂小路，我不敢騎機車上路，麻煩素珍幫我把機車騎到300公尺外的產業道路上，她卻堅持推著車送我們一程，李老師和淑玉聽到我們要先告辭，放下碗筷，起身相送，這一送就送到村子外，邊走邊聊，在羊腸小徑上，又滿滿的體會了哲學老師的哲學，生活就是在這一來一往的互動牽掛上，無論虛無或真實，在宇宙自然的角落，大家有緣相逢，這份情、這份感受，便是宇宙最初的真理。

第三輯

我才十四歲

[台語]

我才十四歲

　　我自細漢就置環山翠嶺的環境中大漢，過著少年毋捌愁滋味的生活。

　　阮遮的人無流行穿鞋仔，一工到暗裼赤腳四界趖。毋過，我知影啥物是鞋仔，阮兜就有兩雙，就掛置石枋厝的坅簷（gim⁵chiN⁵）腳；彼是阮「I-na」（原住民語「媽媽」的意思）、Ma-ma（這是爸爸的意思）的鞋仔，恁欲落山去平地買鹽、買米的時陣才有咧穿。有東時仔，我會趁大人無置厝的時，偷偷仔給鞋仔提來耍，毋過，我真好運，毋捌互 I-na 佮 Ma-ma 掠著，厝邊「Fulateng」（音譯：土豆之意）就無遮呢好運囉。有一擺，伊偷穿恁 Ma-ma 的鞋仔，互恁 Ma-ma 掠著，差一點啊就互恁 Ma-ma 拍甲尻川開花；黃昏的時，我替伊抹藥仔，看著一壘一壘印踮尻川頂頭的傷痕紅閣腫，親像欲必開仝款，足驚人的。

　　Fulateng 是我上好的朋友，阮逐工攏愛裼赤腳翻過兩粒山頭去山坡地做空課，阮 I-na 愛揹阮小妹，我愛鬥提傢俬頭仔，Fulateng 佮恁 I-na 嘛愛擔傢俬頭仔，猶閣有茶水佮便當。阮的田裏種真濟番麥、小米佮雜糧。

　　我今年拄滿十二歲，前幾工仔，阮兜有兩個人客來，你知影否？阮兜蹛置深山林內，平常時仔真少有生分人來的部落，遮的

[華文]

我才十四歲

　　我從小就生長在環山翠嶺的環境中，過著少年不識愁滋味的生活。

　　我們這裏的人不流行穿鞋子，一天到晚打著赤腳到處跑。不過，我知道什麼是鞋子，我家就有兩雙，就掛在石板屋的屋簷下；那是我「I-na」（原住民語「媽媽」的意思）、Ma-ma（這是爸爸的意思）的鞋子，他們如果要下山去平地採購鹽和米的時候才穿的。有時候，我會趁著大人不在家的時候，偷偷地取下鞋子穿著玩，不過，我很幸運，還沒有被 I-na 和 Ma-ma 捉到過，鄰居「Fulateng」（音譯：土豆之意）就沒那麼幸運囉。有一次，他偷穿他 Ma-ma 的鞋子，被他 Ma-ma 捉到，差點被他 Ma-ma 打得屁股開花；黃昏，我幫他擦藥時，看見一條一條印在屁股上的傷痕，紅腫得像要裂開似的，好恐怖哦。

　　Fulateng 是我最要好的朋友，我們每天要打赤腳翻過兩個山頭去山坡工作，我 I-na 要揹我的小妹，我要幫忙拿工具，Fula-teng 和他 I-na 也要拿工具，以及茶水和便當。我們的田裏種很多玉米、小米和雜糧。

　　我今年剛滿十二歲，前幾天，我們家來了兩位客人，你知道嗎？我們家住在深山野地，平常很少有陌生人來的部落，這裏交

交通真無方便，無車通坐，欲來阮的庄頭，若準無人 chhoa[7]，
會揣無所在！

　　每年歇熱，是阮庄頭上鬧熱的時陣，迭迭有一寡對平地來的
人，帶真濟嘴食物佮進口的薰酒來阮遮開營火暗會。

　　這款人客愛真幸運的人兜才有哦，今年怹特別揀阮兜開暗
會！為著欲迎接怹，I-na 特別互我穿上媠的衫，頭鬃嘛梳甲真
整齊，閣叫我捧茶互客飲。怹講我的皮膚傷烏，毋過，目睭閣
不止仔大蕊，五官猶算分明。其中有一個人客送我一盒「巧克
力」，我提著「巧克力」的時，歡喜甲差一點仔就攙（chhia）倒茶，
我自細漢到大漢毋捌家己一盒「巧克力」！有夠讚呢！我提著「巧
克力」了後，隨去揣 Fulateng，佮伊鬥陣去山頂分享「巧克力」的
滋味，毋過我嘛有留一寡轉去互小弟、小妹食。

　　後來，我才知影，彼兩個人是欲來給我介紹頭路的，我今年
小學出業，一定愛落山去鬥趁錢，今仔日，怹欲來 chhoa[7] 我去
台北做空課，聽講會凍趁真濟錢的空課哦！

　　阮 I-na 替我準備兩、三領衫，伊講我的衫會用得留互阮小
弟、小妹穿，到台北了後，怹會替我買真濟衫，I-na 的表情真
冷淡。我想，怹中晝可能飲味少酒，我感覺小可仔悲哀，穿著出
世以來頭一雙新鞋仔，離開我的家鄉，我向懸懸的山、厚厚的
霧，閣佮一個一個面無笑容的唇邊告別。毋知為啥物，我的目屎
一滴一滴輾落來，行到庄仔口，Fulateng 突然間對草堆內面走
出來，送我一枝筆，叫我愛寫批互伊，這枝筆遂變做我唯一的祝
福。

通極不方便，沒有車子好搭，要來我們的部落，如果沒人帶路，很容易迷路！

每年暑假，是我們部落裏最熱鬧的時刻，常常見到一些從平地來的人，帶好多零食以及進口的烟酒來我們這裏開營火晚會。

這樣的訪客要很幸運的人家才有哦，今年他們特地選我們家開晚會！為了迎接他們，I-na 特別讓我穿最漂亮的衣服，頭髮也梳得整整齊齊的，並叫我端茶招待客人。他們說我的皮膚太黑，不過，眼睛倒蠻大的，五官還算明顯。其中有一位客人送我一盒「巧克力」，我拿到「巧克力」時，高興得差一點就把茶打翻，我從小到大不曾自己擁有一盒「巧克力」！感覺真棒！我拿到「巧克力」之後，馬上去找 Fulateng，跟他一起爬到山頂去分享「巧克力」的美味，不過我也有留一些回去給弟弟、妹妹囉。

後來，我才知道，那兩個人是要來幫我介紹工作的，我今年小學畢業，必須要下山去幫忙賺錢，今天，他們要來帶我去台北工作，聽說是可以賺很多錢的工作哦！

我 I-na 幫我準備兩、三件衣服，她說我的衣服可以留給弟弟、妹妹穿，到台北之後，他們會幫我買很多衣服，I-na 的表情很冷淡。我想，他們中午都喝了不少酒，我感到隱隱的哀愁，穿著生平第一雙新鞋子，離開了我的家鄉，我向高高的山、濃濃的霧，以及一張張面無表情的鄰居告別。不知為什麼，我的眼淚一滴一滴掉了下來，走到村口，Fulateng 突然從草叢裏跑了出來，送我一枝筆，叫我要寫信給他，這枝筆變成我唯一的祝福。

就這樣，我跟著兩位陌生的叔叔來到台北，沿路他們都對我

　　就安呢，我逮(toe³)兩個生分的阿叔來台北，歸路恁攏對我
未歹，互我飲汽水，猶有芳閣好食的便當通食，遮的物件我愛置
豐年祭的時陣才食會著，這是我置山頂毋捌享受過的待遇，心內
實在真歡喜。

　　後來，我來到一條真深真長的巷仔內底，行入去其中的一間
厝，我猶昧赴看清楚厝內的設備，就互一個阿姨chhoa⁷入去房
間仔底，房間雖然無大間，毋過真嬌，有一頂軟軟的眠床恰一個
梳妝台，猶閣有真嬌的床單和會踅的椅仔。這個房間無窗仔門，
看昧著外口的世界，佳哉，有一台會吹涼風的機器，恁互我蹛遮
好的房間，閣互我吹有涼風的機器，真是使人歡喜。

　　後來的日子，我就一直蹛置遮，佗位嘛毋捌去過。毋過，恁
講我發育傷慢，就置我的身軀注營養射，過無偌久，我就感覺胸
前疼疼，尾仔逐漸漸腫起來，恰我蹛仝間的蘭姨講無要緊，查某
囡仔一定愛發育完全，才會變做查某人。毋過，有一工，遂發生
一件真驚人的代誌，我去便所的時，發現大量的血對我的身軀流
落來，為著這層代誌害我哭足久，我叫是家己破大病才會遮嚴
重；蘭姨講彼是月經，是每一個查某囡仔轉大人的過程，叫我免
煩惱。

　　我置遮，過一段真舒適的日子，面肉嘛漸漸有卡白，而且嘛
卡肥卡好看，平常時仔我只要洗衫就會使啊，毋免做啥物空課，
比起置山頂的生活，遮根本就是天堂。

　　有一工，蘭姨chhoa⁷我去客廳，客廳內面坐的是遮的頭家
娘，逐家攏叫伊「Ma-ma」，Ma-ma是阮原住民「爸爸」的意思，

不錯，給我喝汽水，還有又香又好吃的便當可以吃，這些食物我要在豐年祭的時候才吃得到，這是我在山上不曾享受過的待遇，心裏實在很興奮。

後來，我來到一條很深很長的巷子裏面，走進其中的一間屋子，我還來不及看清楚屋內的陳設，就被一位阿姨帶進去房間裏，房間雖然不大，不過卻挺漂亮的，有一張舒適的軟床和一個梳妝台，還有很漂亮的床單和會旋轉的椅子。這個房間沒有窗戶，看不見外面的世界，還好，有一台會吹涼風的機器，他們讓我住這麼好的房間，還讓我吹有涼風的機器，真是令人歡喜。

後來的日子，我就一直住在這裏，哪裏也沒去過。不過，他們說我發育太慢，就在我的身上打營養針，過沒多久，我就感覺胸部隱隱作痛，後來竟漸漸的腫起來，同房的蘭姨跟我說沒關係，女孩子一定要發育完全，才能成為女人。但是，有一天，竟發生一件很恐怖的事，當我上廁所時，發現大量的血從我的體內流下來，為了這件事害我哭了好久，我以為是自己得了什麼大病才這麼嚴重；蘭姨說那是月經，是每一個女孩成為大人的過程，叫我別擔心。

我在這兒，過了一段很舒服的日子，臉上的皮膚也漸漸變白了，並且胖了起來，平常只要幫忙洗洗衣服就可以，不必做其他工作，比起在山上的生活，這裡根本就是天堂。

有一天，蘭姨帶我去客廳，客廳裏坐的是這裏的老闆娘，大家都稱她「Ma-ma」，Ma-ma 是我們原住民「爸爸」的意思，為什麼要這樣叫，我實在想不通。

為啥物安呢叫，我實在想攏無。

　毋過，遮的 Ma-ma 呵咾我愈來愈嬌，閣叫內底的阿姨替我化妝，閣互我穿全新的洋裝和新鞋，鏡內底的我，親像太陽神的查某囝仝款，嬌閣大扮。有一個阿叔用轎車載我去一間足大間足嬌的大飯店，阮坐電梯，毋免行路，一目睚就到七樓啊，彼個阿叔 chhoa⁷ 我到一間房間的門口停落來，chhi⁷ 三聲電鈴，一個中年的查甫人走來開門，阿叔雄雄給我抁(sak)入去房間內底，彼個中年人互阿叔真濟錢，阿叔提著錢越頭就走啊，將我一個人放置生分人的房間內底做伊走。

　彼個中年人給門關起來，對頭到尾掠我金金相，那看那點(tim³)頭，問我講是毋是頭一擺，我聽無伊的意思，憨憨給點頭。伊叫我去洗身軀，我只好乖乖仔去做。這個時陣，我的心肝內 ngaih-gioh-ngaih-gioh，總是感覺有啥物歹吉兆的代誌欲發生，因為驚驚，所以刁工慢慢仔洗，毋過，房間內的阿伯，一直叫我卡緊咧，我只好衫穿穿咧行入去房間。

　伊一下手給我扭到眠床頭，我企昧在，遂倒落去，伊親像可惡的山豬彼一款，對我搭過來，親像一塊大石頭，害我連喘氣都真困難，伊腳來手來，一直給我嗼(chim)、給我摸，閣給我的衫褪了了，無論我安怎反抗攏無效，這款情形，互我去想著 Fulateng 有一擺去掠山豬的時，恰山豬相拍的情景仝款。上尾仔，這個討厭的查甫人，給我放尿的所在用甲足疼的，我忍昧椆遂哭出聲，等伊離開我的身軀了後，我置放尿的所在，看著一堆白白黏黏的「奶油」猶閣有血，我實在足疼的，又閣感覺真委屈，

　　不過，這裏的 Ma-ma 誇讚我愈來愈漂亮了，還叫裏面的阿姨替我化妝，還讓我穿全新的洋裝和新鞋子，鏡子裏面的我，就像太陽神的女兒一般，美麗又大方。有一位叔叔用轎車載我去一家很大間很豪華的大飯店，我們坐上電梯，不用走路，一瞬間就到了七樓，那位叔叔帶我到一間房間的門口停下來，按了三聲電鈴，一位中年男子走過來開門，叔叔迅速把我推入房間去，那個中年人給叔叔很多錢，叔叔拿到錢轉頭就走了，把我一個人丟在陌生人的房間裏自己走掉。

　　那個中年人把門關起來，把我從頭到腳仔細打量一番，邊看邊點頭，問我說是不是第一次，我聽不懂他的意思，傻傻的點頭。他叫我去洗澡，我只好乖乖去做。這時，我心裏毛毛的，總是感到有什麼不好的預感會發生，因為害怕，所以故意洗得很慢，可是，房裏的伯伯，一直催我快一點，我只好穿上衣服回到房間。

　　他突如其來地把我拉到床上，我站不住腳，就倒了下去，他就像可惡的山豬那樣，對我撲過來，我像被一塊大石頭壓著，害我連呼吸都很困難，他上下其手，一直親我摸我，又把我的衣服褪光，無論我怎麼反抗都無效，這樣的情形，讓我想到 Fulateng 有一次去獵山豬時，和山豬搏鬥的情景一樣。最後，這個討厭的男人，將我尿尿的地方弄得很痛，我忍不住哭了起來，等他離開我的身體之後，我在尿尿的地方，看到一堆白色黏稠稠的「奶油」還有血，我真的很痛，而且覺得很委屈，所以愈哭愈大聲，他好像很怕被別人聽到我的哭聲，趕緊拿一個厚厚的紅包給我，我拿

所以愈哭愈大聲，伊假若眞驚別人聽著我的哭聲，趕緊提一個厚厚的紅包互我，我提著這個紅包，毋知欲哭抑是欲笑。這個時陣，彼個 chhoa⁷ 我來的阿叔出現置門口，給我 chhoa⁷ 轉去「媽媽桑」彼。

這一工，我的心情特別艱苦，就提起 Fulateng 送我的筆，寫批互伊，當然你嘛知影，我無可能出去，批是交互蘭姨替我寄的。毋過，過了足久足久，Fulateng 攏無給我回批，互我眞失望。

我毋知影置這個所在過了偌久，自彼遍提著大紅包了後，我的空課就是置大飯店和賓館中央來來去去咧度日子。置這個期間，我捌有一擺偷走的經驗，因爲有一個人客嚴重虐待我的身軀，互我的身軀受著眞大的艱苦，毋過，置我猶未走離飯店進前，就互看顧接送的阿叔掠倒轉來，轉去店內了後，互彼個阿叔修理甲眞忝，彼陣，我實在無想欲活落去啊。

最近，我的身軀有毛病，愡講我是互人傳染著「愛滋病」；店內的「媽媽桑」罵我是了錢貨，所以，就叫人給我 chhoa⁷ 轉去山頂。

厝內的人，給我關置柴房內面，愡除了提物件互我食以外，眞少佮我講話，Fulateng 送送來看我，伊加眞大漢，變甲眞懸大閣眞緣投。致著這款病，倒置伊的面頭前，我感覺眞見笑，眞鬱卒閣自卑。毋過，Fulateng 一直安慰我，伊講這一切攏毋是我的毋著，伊安呢講了後，我的心肝有卡好淡薄仔。我問伊我寫批互伊的代誌，伊講自我落山了後，一直攏無我的消息，閣卡毋

著這個紅包，不知道要哭還是要笑。這時，那個帶我來的叔叔出現在門口，把我帶回去「媽媽桑」那邊。

這一天，我的心情特別難過，就拿起 Fulateng 送我的筆，寫信給他，當然你是知道的，我並不能外出，信是交給蘭姨幫我寄的。可是，過了好久好久，Fulateng 都沒有給我回信，讓我很失望。

我不知道在這裏過了多少歲月，自從那次拿大紅包之後，我的工作就是在大飯店和賓館中間來來往往度日子。在這期間，我曾經有過一次逃跑的經驗，因為有一位客人嚴重虐待我的身體，讓我的身體受到極大的痛苦，但是，在我還沒逃離飯店之前，就被看管接送的叔叔捉回來，回到店裏，被那位叔叔修理得很慘，當時，我實在不想活下去了。

最近，我的身體出了狀況，他們說我是被人傳染到「愛滋病」；店裏的「媽媽桑」罵我是賠錢貨，所以，就差人把我送回山上。

家裏的人，把我關在柴房裏，他們除了拿食物給我吃之外，很少跟我講話，Fulateng 常常來看我，他長大許多，長得高大俊秀。染到這種病，躺在他面前，我感到無限羞愧，鬱卒又自卑。不過，Fulateng 一直安慰我，他說這一切都不是我的錯，他這樣說之後，我的心裏有比較好過一些些。我問他關於曾寫信給他的事，他說打從我下山之後，一直都沒有我的消息，更不曾收到我寫的信，這件事讓我納悶許久，我真的有寫信給 Fulateng 啦！我發誓。

捌接著我寫的批，這層代誌互我感覺眞奇怪，我誠實有寫批互
Fulateng 啦！我咒詛。

　　這陣，我感覺身體眞虛，我知影我的病是昧好啊。我今年才
十四歲。Ma-ma、I-na，猶閣有 Fulateng 攏置我的身軀邊，我
感覺愈來愈無氣力，愈來愈無元氣啊！毋過，就算我昧凍閣再醒
過來，我亦已經滿足啊，至少我已經轉來家己厝內，看著熟識的
人，猶閣有這塊溫暖的土地，懸懸的山、白白的雲、青翠的山
林，會凍置 Ma-ma、I-na 和 Fulateng 的身軀邊死去，我已經
感覺眞安慰啊！

──1998 年李江卻台文獎入選

　　此時，我覺得身體很虛弱，我知道我的病是好不了的。我今年才十四歲。Ma-ma、I-na，還有 Fulateng 都在我的身邊，我覺得愈來愈無力，愈來愈沒元氣了！不過，就算我不能夠醒過來，我也已經滿足啦，起碼我已經回來自己的家鄉，看到自己熟悉的人，還有這片溫馨的土地，高高的山、白白的雲、青翠的山林，能夠在 Ma-ma、I-na 和 Fulateng 的身邊死去，我已經感到很安慰了！

[台語]

春田悠老父

春田的老父火旺仔是做田人，1921年置南部庄腳出世；火旺仔少年時拄著日本時代，百姓的生活普遍無好過，火旺仔恰伊同年的人差不多攏無讀冊，毋捌字，結婚了後逐年增產報國，一瞑生七個後生、查某囝。當年晟養五男二女的家庭真濟，民間流行一句話講：「五男二女忝死老父，濟新婦忝死乾家。」

春田是火旺的屘仔囝，出世了後為欲號名，有請相命仙仔來厝裏，相命仙仔給春田排八字了後，真慎重給火旺仔講：「這個囡仔命中尅父，掠準無尅父，伊嘛活昧過十九歲。你敢毋捌聽人講『五男二女忝死老父』這句話，我看你囡仔一大陣嘛無快活，不如卡早給這個囡仔送互人卡贏。」

火旺仔彼暗就恰悠某順美仔參詳，順美仔聽著欲給囝送人，氣甲昧講話，置房間仔底一直哮。順美仔自細漢就互父母送人做養女仔，對家己昧凍恰親生父母、兄弟鬥陣生活，感覺真遺憾，伊捌咒詛，無論生活偌呢艱苦，絕對無欲將家己生的囡仔送人；順美講：「我甘願食糜配蕃薯，嘛昧將囡仔送互人。」火旺仔聽了後，啥物攏無講，就透暝走出去飲酒，飲甲醉茫茫才轉來，火旺仔逐擺攏用無言的抗議來對付順美仔。

表面看起來親像無代誌矣，一直到春田滿月了。過無幾工，

[華文]

春田他老爸

　　春田的父親火旺是位農夫，1921 年在南部鄉下出生；火旺少年時正值日據時代，百姓普遍生活貧苦，火旺和他同年的人幾乎都沒有讀過書，不識字，結婚後每年增產報國，一口氣生下七位兒女。當年育有五男二女的家庭很多，民間流行一句話：「五男二女累死老爸，多媳婦累死婆婆。」

　　春田是火旺的尾子，出生後為了取名字，請相命師到家裏來，相命師推算春田的八字後，慎重其事的對火旺說：「這個孩子命中尅父，若無尅父，他也活不過十九歲。你沒聽人家說過『五男二女累死老爸』這句話嗎，我看你孩子一大群並不好過，不如早些把這個孩子送給別人算了。」

　　火旺當晚即與妻子順美商量，順美一聽要把自己的骨肉送人，氣得不得了，在房間裏哭整夜。順美從小就被父母送人當養女，對於自己不能和親生父母、兄弟一起生活，感到很遺憾，她曾發誓，無論生活多麼艱難，絕對不會把自己生的小孩送給別人；順美說：「我甘願吃粥配蕃薯，也不會把小孩送人。」火旺聽了之後，不再說什麼，只是漏夜出去喝酒，喝得醉醺醺才回來，火旺每次都以無言的抗議來對付順美。

　　表面上看起來相安無事，直到春田滿月後。有一天，火旺趁

火旺仔趁順美仔出去做穡的時，偷偷仔給春田揹走，順美仔收工轉來日頭已經落山囉，轉到厝揣無春田的影跡，急甲強欲掠狂，彼一暗五、六個囡仔攏無飯通食，歸家伙仔攏提手電仔出去揣春田，揣到天光猶原揣無，順美仔失神失神坐置大廳，毋食、毋睏、毋飲，歸頭殼一直想，想看火旺仔會將春田送互啥人？

　　第二工，順美仔透早就出去揣春田，皇天不負苦心人，黃昏的時順美仔已經將春田揹轉來囉。想昧到對這陣開始，春田就無一工好日子通過，看著恁老父就親像拄著鬼全款，匿來匿去，恁老父若置客廳春田就入去房間，恁老父若入灶腳，春田就去客廳，一直到讀冊，甚至食頭路出社會以後猶原全款，春田毋捌參恁老父坐全一塊桌，鬥陣食一頓仔飯。

　　春田一咧結婚隨搬出去踮，這陣也已經四十幾歲矣，身體勇健，事業順序，當然伊 79 歲的老父火旺仔，嘛是老康健啊老康健，猶閣迭迭出國去蹉跎。

　　世間無太平，奇怪的代誌特別濟，十幾年前，火旺仔上疼痛的屘查某囝嫁出了後，逐家掛無事牌過幾偌多幸福的日子；火旺仔的囝婿承恩，忠厚老實，平常時仔就真有孝，無論年節抑是丈人、丈姆生日，伊攏會轉去看老大人。照理講這款囝婿點燈仔火都無底揣，疼痛都昧赴啊，汰有可能出啥物代誌呢？毋過，過無幾年的好光景，自丈姆過身了後，火旺仔就真少去承恩恁兜，承恩迭迭轉去請安問好，恁大舅仔攏講火旺仔無置咧，若毋是講出國，就是講去旅行，有時敲電話去給丈人請安，伊毋是講出去，就是講置便所無方便接電話，承恩迭迭責備家己是毋是得失著大

順美出去工作的時候，偷偷地把春田揹走，順美收工回來已經天黑了，回到家找不到春田的蹤跡，急得快發狂了，那夜五、六個孩子都沒飯吃，全家摸黑拿著手電筒出去找春田，找到天亮也沒找到，順美失神地坐在大廳，不吃、不喝、不睡，整個腦袋一直在想，火旺有可能把春田送給誰？

第二天，順美一大早就出去找春田，皇天不負苦心人，黃昏的時候順美已經把春田揹回來了。沒想到從此以後，春田就沒有一天好日子過，看見他父親就像見到鬼一樣，躲躲藏藏，他父親若在客廳春田就進去房間，他父親若在廚房，春田就去客廳，一直到上學，甚至出社會工作以後情況仍未改善，春田幾乎不曾和他父親坐在一起，吃過一頓飯。

春田結婚後就搬出去住，現在也已經四十多歲了，身體健康，事業順利，當然他那 79 歲的父親火旺，身體也好得不得了，還經常出國旅行。

世上不太平，怪事特別多，十幾年前，火旺最疼愛的小女兒出嫁之後，大家相安無事過了好幾年幸福的日子；火旺的女婿承恩，忠厚老實，平時就很孝順，無論過年過節或是岳父、岳母生日，他都會回去看老人家。照理說這種女婿提著燈籠都找不到，疼他都來不及，哪有可能會出什麼事？可是，過沒幾年好日子，自從岳母過世後，火旺就很少去承恩家，承恩常常回去請安問好，他大舅子都說火旺不在家，不是說出國去，就是說去旅行，有時打電話向岳父請安，他不是說出去了，就是說在廁所不方便接電話，承恩常責備自己是不是得罪他大舅子，或是有對不起岳

舅仔，抑是有對不住丈人的所在，尾仔，逐個姨仔佮舅仔攏漸漸佮伊疏遠去。

承恩的丈人歸家伙仔攏罕得佮伊來往，承恩翁仔某無法度，只好不管時去山頂祭拜丈姆；不幸的是，今年的母親節，承恩翁仔某閣去山頂祭拜丈姆的時，想昧到，竟然看著一具空的棺材爾爾，棺材內底尻查某囝親手替老母蓋(kah)的第三領被，猶原繡著真嬌的荷花，老母的衫仔褲一領一領四散，包仔鞋拄好一跤正面、一跤倒扣排置遐，昧輪跋聖杯咧，歸座墓牌倒扣置澹塗內，承恩翁仔某的心肝攏總碎去矣，這款場面親像好天陳雷公，拍碎承恩翁仔某的心肝，惣兩人企置雨中目屎撥(poe²)昧離，憨神憨神毋知企偌久才離開。

承恩心內想講事出必有因，尾仔才知影是春田惣大兄咧生話，搧動火旺仔講承恩命中破骨，佮伊來往的人，若毋是會破產就是會破病，若無就昧凍平安，事業無順序；為著這個緣故，春田惣歸家口仔大大細細，無人敢佮承恩惣彼口灶來往，免得互惣猥(oe³)著。

事實上，原來是平常時仔，火旺仔佮惣某順美仔對承恩這個囝婿特別好，普通時仔若有好食的，抑是有啥稀罕的物件，攏會提去互承恩，甚至連順美仔破病的時嘛蹛置惣兜，春田的大兄在來腹腸有卡隘(eh⁸)，天生敖食醋，伊認為老母破病的時陣，蹛置承恩惣兜，老母過身的時，傖的現金佮金銀手尾攏互承恩獨吞去；伊家己無反省看覓，順美仔自破病蹛置承恩遐，惣兄弟仔敢捌提甲一銑五厘互老母做所費，抑是看醫生，顛倒三不五時去揣

父的地方，最後，每位小姨子和小舅子也漸漸和他疏遠。

　　承恩的岳家都不怎麼跟他來往，承恩夫婦沒辦法，只好有空就去山上祭拜岳母；不幸的是，今年的母親節，承恩夫婦又去山上祭拜岳母時，想不到，竟然看見一口空棺，棺材內小女兒親手替母親蓋的第三件被子，仍然繡著鮮艷的荷花，母親的衣物一件件散落在四周，包鞋剛好一正一反並排在地上，像極擲筊杯中了聖杯，整座墓碑倒扣在泥濘裏，看得承恩夫婦的心都破碎了，這種場景猶如晴天霹靂，打碎承恩夫婦的心肝，兩人站在雨中淚眼滂沱，痴站了很久才離去。

　　承恩心想事出必有因，後來才知道是春田他大哥在挑撥離間，搧動火旺說承恩命中破骨，和他來往的人，若不是會破產就是會生病，不然就會不平安，事業不順利；為了這個緣故，春田他們全家大大小小，沒有人敢和承恩他們來往，免得被他們連累。

　　事實上，原來是平時，火旺和他老婆順美對承恩這個女婿特別好，平日有什麼好吃的，或有什麼稀罕的東西，都會往承恩家裏送，甚至連順美生病時也住在承恩家，春田他大哥一向心胸狹窄，天生善妒，認為母親生病期間，住在承恩他家，母親過世時，剩下的現金和金銀首飾都被承恩私吞；他自己也不反省看看，順美自從生病住在承恩家時，他們兄弟可曾拿過一分一毫給母親零用，或帶她去看醫生，反而三不五時來找順美哭窮。

　　火旺一輩子最怕被人家呿，春田的大哥就是抓著這個弱點，怕承恩夫婦和火旺走得太近，擔心火旺死了之後，剩下那麼多田

順美仔哭無錢。

　　火旺仔一世人上驚俗人相尅，春田怹大兄掠著這個弱點，驚承恩怹翁仔某佮火旺仔行傷近，將來老父死了後，倚赫濟田地、厝契攏總互承恩提去；爲著這件代誌，春田怹大兄才會使弄火旺仔，嘛眞簡單就給五個兄妹仔騙甲憨憨踅。承恩怹翁仔某知影這件代誌了後，並無出破，承恩干單用宗教家的口氣講：「一切隨緣啦！」

地、房契會被承恩拿去；爲了這件事，春田他大哥才會慫恿火旺，同時也輕輕鬆鬆的把五個兄妹騙得團團轉。承恩他們夫婦得知此事之後，並不作聲，承恩僅以宗教家的口吻說：「一切隨緣吧！」

——1999.11.17《台灣日報》博覽版

[台語]

葉　仔

　　葉先生是阮社區公認上熱心的厝邊，無論社區有奋圾抑是公共設施、路燈、水溝仔的代誌，毋管是花草樹木抑是貓仔、狗仔有問題，伊攏會眞歡喜主動去鬥相共，連社區內一半擺仔發生家庭糾紛，嘛有人請伊去做公親，最近甚至有人請伊去做「便媒人」。

　　葉先生是一個親切閣古意的人，伊迭迭提醒阮毋通叫伊葉先生，伊講眞昧慣勢這款稱呼，伊講伊的同學佮朋友攏叫伊「葉仔」，伊家己嘛認爲人生無常，何時來何時去眞歹預料，人生就親像一片葉仔，無啥物好計較。漸漸，逐家攏叫伊「葉仔」。

　　葉仔結婚五年猶無生囡仔，經過厝邊介紹晟養一個查某嬰仔，葉仔爲這個查某嬰仔號名「葉靑」，意思是希望查某囝會凍親像大樹全款，有靑翠旺盛的生命力。

　　葉靑兩歲的時，葉太太美倫就有身啊，了後葉家連續生三個查某囝，葉仔一直想欲生一個後生，攏昧凍照心願。

　　葉靑是一個眞乖巧的囡仔，眞敖讀冊，做空課一向誠自動，眞少互葉仔操心。伊迭迭得著學校的獎勵，捌代誌閣會曉照顧小妹，葉仔特別疼惜這個查某囝。

[華文]

葉　子

　　葉先生是我們社區公認最熱心的鄰居，無論社區有垃圾或者是公共設施、路燈、水溝的事情，不管是花草樹木或者是貓、狗有問題，他都會樂意主動去幫忙，連社區裏偶爾發生家庭糾紛，也有人請他主持公道，最近甚至有人請他去當「便媒人」。

　　葉先生是一位親切又老實的人，他常常提醒我們不要叫他葉先生，他說很不習慣這樣的稱呼，他說他同學、朋友都叫他「葉子」，他自己也認為人生無常，何時來何時去很難預料，人生就像是一片葉子，沒有什麼好計較的。漸漸地，大家都暱稱他「葉子」。

　　葉子結婚五年膝下猶虛，經過鄰居介紹抱養一名女嬰，葉子為這個女兒取名「葉青」，意思是希望女兒能夠像大樹一樣，有青翠旺盛的生命力。

　　葉青兩歲時，葉太太美倫就懷孕了，之後葉家連續生三個女兒，葉子一直想要個兒子，均未能如願。

　　葉青是一個乖巧的孩子，書讀得很棒，做事情一向自動自發，很少讓葉子操心。她時常得到學校的獎勵，既懂事又樂於照顧妹妹，葉子特別疼惜這個女兒。

黑白的歲月

想昧到葉青置九歲彼年得著軟骨病,雙腳無力,無法度行路,養母美倫逐工攏愛揹伊上課、下課。其中的辛苦,只有葉青佮美倫母囝才會凍深深體會。

毋過,葉青置十二歲彼年因為病情加重,身軀半遂(poan³ sui⁷),無法度去學校讀冊。葉仔恁翁仔某為著方便24點鐘照顧葉青,彼時猶無健保制度,大筆的醫藥費,逼甲葉仔翁仔某,必須愛拚命做穡,才會凍維持一家大細的生活費佮醫藥費。恁翁某兩個人,一個做日班,一個做暗班。

葉仔做暗班轉來,為著欲增加收入,就直接去菜市仔買菜、煮飯、賣便當,葉仔總是先給葉青飼飽了後,才將便當載去工業區賣,便當賣了閣趕轉來厝裏照顧葉青,等美倫轉來才去眯一下。

葉仔翁仔某毋捌怨歎,連一句重話都毋甘對葉青講,對養女葉青付出的心血,甚至比對親生的查某囝閣卡濟。

葉青自從身軀半遂了後,葉家差不多用盡所有的財產佮精神、體力。不幸,葉青置十四歲彼年,恬恬仔離開世間。葉青離開對葉仔打擊真大,這幾年來葉仔給全部的氣力攏總投入置葉青的身上,葉青突然間來離開,葉仔的生活失去平衡,加上遮濟年來的日夜操勞,遂來病倒在床,歸個家庭負擔遂互美倫一個人擔,美倫真正是有苦難言。

葉青往生進前一禮拜,捌對美倫講:「媽,我知影我毋是恁

黑白的歲月

沒想到葉青在九歲那年得到軟骨病,雙腳無力,無法走路,養母美倫每天都揹她上課、下課。其中的辛苦,只有葉青和美倫母子才能夠深深體會。

但是,葉青在十二歲那年因為病情加重,全身癱瘓,無法到學校上課。葉子夫婦為了方便24小時照顧葉青,當時尚未實施健保制度,龐大的醫藥費,逼使葉子夫婦倆,必須拚命工作,才能維持一家大小的生活費及醫療費。夫妻兩人,一個做日班,一個做夜班。

葉子值晚班回來,為了想增加收入,就直接到菜市場買菜、煮飯、賣便當,葉子總是先把葉青餵飽後,才把便當載去工業區賣,便當賣完又趕緊回來家裏照顧葉青,等美倫回來之後才去睡一下。

葉子夫婦不曾抱怨,連一句重話都捨不得對葉青說,對養女葉青付出的心血,甚至比對親生女兒更多。

葉青自從全身癱瘓以後,葉家差不多耗盡所有的財產與精神、體力。不幸,葉青在十四歲那年,靜靜地離開世間。葉青離開對葉子的打擊很大,這幾年來葉子把全部的力量都投入在葉青身上,葉青突然間別世,葉子的生活失去重心,加上這麼多年來的日夜操勞,竟病倒在床,整個家庭重擔全落在美倫一個人身上,使得美倫有苦難言。

葉青在往生的前一個禮拜,曾經對美倫說:「媽,我知道我

親生的，毋過恁對我遮呢好，我真感激爸爸、媽媽的疼痛，我知影恁真想欲生一個後生，攏是為著欲照顧我，所以一直沒閣再生囝仔。」

「媽媽，如果會凍，我猶欲來做恁的囝仔，我若死了後，無論如何恁一定愛閣生一個囝仔，恁一定會生查甫的。媽，你答應我好否？」

美倫聽著葉青講遮的話，早就哭甲無聲，恁翁仔某毋捌給囝仔講過葉青的身世，而且，恁早就昧記得葉青毋是親生的這件代誌，閣卡離經的是美倫已經四十歲啊，汰有可能閣生囝。

毋過聽著葉青講遮的話，美倫的心肝親像互千萬隻蚼蟻咬著全款，非常艱苦。葉青講遮的話，昧輸咧交代遺言，互人聽甲心肝頭拍結球。

想昧到葉青真正置一禮拜後的下晡時仔，恬恬仔過往，行甲遮呢平靜、安詳。

葉青走了後的第二年，美倫遂來發現家己有身，聽著醫生診斷，伊遂起著驚，想講家己已經四十二歲，猶閣咧「老蚌生珠」，實在真歹勢，恐驚高齡產婦會真危險，互美倫進退兩難，毋知欲安怎才好？

美倫給這個消息講互葉仔知，葉仔歡喜甲強欲跳舞，給美倫抱起來唚（chim），葉仔鼓勵美倫愛卡堅強咧，勇敢給囝仔生落來，葉仔閣再提醒美倫，葉青欲離開時所講的話，美倫嘛抱著淡薄仔希望提出勇氣，想欲給囝仔生落來。

不是您親生的，不過您對我這麼好，我非常感激爸爸、媽媽的疼愛，我知道您很想要一個兒子，都是爲了照顧我，所以一直沒有再生小孩。」

「媽媽，如果可以，我還要來當您的孩子，如果我死了，無論如何您一定要再生一個孩子，您一定會生男的。媽，您答應我好嗎？」

美倫聽見葉青講這些話，早就哭到沒聲音了，他們夫妻不曾跟小孩說過葉青的身世，而且，他們早就忘了葉青不是親生的這回事，更離譜的是美倫已經四十歲了，哪有可能再生小孩。

可是聽到葉青講這些話，美倫的心就像被千萬隻螞蟻啃蝕那般，非常痛苦。葉青講這種話，好像是在交代遺言，讓人聽了椎心泣血。

想不到葉青眞的在一個禮拜後的下午時分，靜靜地走了，走得如此平靜、安詳。

葉青走後的第二年，美倫竟然發現自己懷孕了，聽到醫生診斷，她也嚇一跳，想想自己已經四十二歲了，還在「老蚌生珠」，實在很難爲情，又擔心高齡產婦會危險，讓美倫進退兩難，不知如何是好？

美倫將這個消息向葉子提起，葉子興奮得快飛起來了，把美倫抱起來親了又親，葉子鼓勵美倫一定要堅強些，要勇敢的把孩子生下來，葉子提醒美倫，葉青離開時所說的話，美倫也抱著一絲希望提起勇氣，想要把孩子生下來。

抱願出世的小天使

有影親像葉青所講全款，這擺葉家誠實生一個查甫囡仔，葉仔感念葉青的心願，這個囝兒總算會凍替葉家傳香火啊，決定號名「葉承璋」，取伊傳承香火的意思。

承璋自紅嬰仔開始就眞乖巧，昧亂昧吵，厝邊兜攏罕得聽著伊的哭聲。

卡大漢的時，做代誌嘛條理分明，聰明又閣捌代誌，三個阿姐和承璋的年歲差卡濟，所以承璋自細漢就互厝內的人疼命命，厝邊頭尾嘛眞疼惜伊，眞愛佮伊耍，伊成做這個社區上有人緣的傳奇人物，自細漢就蓋出名。

逐擺不管誰兜有親晟朋友來，攏會相爭介紹承璋互逐家熟識，並且私底下流傳葉家的故事。

承璋的三個阿姐分別置台北佮高雄做穡、讀冊，干單承璋佮葉仔、美倫三個人蹛置厝裏，承璋今年七歲讀小學一年仔，一向眞少破病，甚至連感冒嘛無伊的份。偏偏仔置 1999 年 9 月 20 日黃昏，承璋放學轉來，就小可怪怪，美倫尾仔才發現承璋的身軀燒燙燙，親像咧發燒，葉仔兩翁某，隨給承璋送去病院，醫生講已經燒甲四十度，一定愛蹛院觀察。

葉仔佮美倫連暗頓都昧顧咧食，就無閒甲走出走入，轉去厝裏提替換的衫褲佮一寡日用品，承璋一直拜託老父給伊的冊包仔提來，葉仔想講人破病啊，提冊包仔欲創啥，毋過承璋一再拜託，葉仔只好置轉去提毯仔的時，順續給伊的冊包仔提來。

乘願再來的小天使

　　果然像葉青所講的一樣，這次葉家眞的生了一個兒子，葉子感念葉青的心願，這個兒子總算能夠爲葉家傳香火了，決定取名「葉承璋」，取他傳承香火的意思。

　　承璋從嬰兒開始就很乖巧，不吵不鬧，街坊鄰居也難得聽見他的哭聲。

　　稍長，處事也是條理分明，善解人意又懂事，三位姐姐和承璋的年齡差距甚大，所以承璋從小就被家人疼愛，左鄰右舍也很疼他，都喜歡和他玩，他也就成了這個社區最有人緣的傳奇人物，從小時候就很出名。

　　每次不管誰家有親戚朋友來，都會爭相介紹承璋給大家認識，並且私下流傳葉家的故事。

　　承璋的三位姐姐分別在台北和高雄工作及就學，只有承璋和葉子、美倫三個人住在家裏，承璋今年七歲讀小學一年級，一向很少生病，甚至連感冒都沒他的份。偏偏就在 1999 年 9 月 20 日黃昏，承璋放學回來，就稍微怪怪的，美倫後來才發現承璋的身體熱熱的，好像是發燒，葉子夫婦倆，馬上把承璋送去醫院，醫生說已經燒到四十度，一定要住院觀察。

　　葉子和美倫連晚餐都顧不得吃，就忙進忙出，回去家裏拿換洗衣物和一些日用品，承璋一直拜託父親幫他把書包拿來，葉子心裏想人都病了，拿書包要做什麼，拗不過承璋一再拜託，葉子只好在回去拿毯子時，順便把他的書包帶來。

彼工暗暝怹一家三個人，攏總置病院內底睏。

世紀尾的災難

承璋的眠床頭吊一罐大筒射，美倫一直替承璋換冰枕，葉仔坐置承璋的眠床頭，兩蕊目睭憨神憨神咧看伊，日時空課做了眞忝，毋過葉仔一點仔都袂愛睏，干單失神失神坐置遐。

21 日半暝 1 點 47 分，歸棟病院親像欲拆厝仝款眞大力搖起來，所有的病人、囡仔大細攏大聲哀，逐家攏眞緊張，隔壁床的花矸摔破置土腳，玻璃幼仔、水佮花攏挵甲歸土腳。

葉仔看著這種情形，隨叫美倫提大筒射，伊家己抱承璋走對外口，毋過這陣，所有的通路、樓梯攏總人挵人，拄才恬的地動隨閣大力搖起來，逐家喝甲哀哀叫，互相挵來挵去，挵歸晡才走到一樓。

這個時陣，一樓大廳挵眞濟人，親像全世界的救護車攏總集中置遐，四箍輾轉攏是救護車的聲，使得本底就眞緊張的民眾，閣卡緊張。

大門口有一個穿制服的警衛仔，一直歕嗶仔，叫逐家疏開到對面的停車場。

看著出出入入一台接一台的救護車，工作人員無閒甲用走的，將篷布擔架頂的患者扛落來，隨換一個空的擔架起哩，馬上駛走，排甲長躼(lo³)躼的救護車，置遐等欲救受傷的人，罕得看著這款場面，心肝實在眞艱苦。

對救護車頂頭扛落來的傷者，大部分攏是著外傷；若毋是歸

那晚他們一家三口，全都在醫院裏度過。

世紀末的災難

　　承璋的床頭吊一罐點滴，美倫一直替承璋換冰枕，葉子坐在承璋的床前，雙目無神地盯著他看，白天工作已經很累了，可是葉子一點睡意都沒有，只是失神地坐在那裏。

　　21 日半夜 1 點 47 分，整棟醫院像是在拆房子似的瘋狂搖晃起來，所有的病人、大人小孩都哇哇大叫，大家都很緊張，隔壁床的花瓶摔碎在地上，玻璃碎片、水和花都散落滿地。

　　葉子看見這個情形，馬上叫美倫拿著點滴筒，他自己抱承璋往外面走去，但是這個時候，所有的通道、樓梯通通擠滿了人，剛剛才停止的地震馬上又天搖地動起來，大家都哀哀叫，互相擠來擠去，擠半天才走到一樓。

　　此時，一樓大廳擠滿人群，好像全世界的救護車全都集中在這裏，四面八方都是救護車的聲音，使得本來就很緊張的民眾，更加恐慌。

　　大門口有一位穿制服的警衛，不停的吹哨子，叫大家疏散到對面的停車場。

　　看到進進出出一輛接一輛的救護車，工作人員忙得用跑的，把帆布擔架上的患者抬下來，立刻換一個空的擔架上去，馬上開走，排得像條長龍的救護車，停在那裏等著要救受傷的人，很少看見這種場面，心裡實在很痛苦。

　　從救護車上抬下來的傷者，大部分都是受到外傷，不是頭破

粒頭，就是滿面、滿身全血，有一寡人看起來連振動就昧振動，毋知是死抑是活？

有一個人，歸身軀攏變形去，歸仙人無看咧頭面。

置大廳的壁邊，有一個中年護士，扛咧替一個患者做電療急救，歸個大廳佮大門攏互遮的患者揹甲昧凍出入。

想昧到入來的人比出去的人閣卡濟，受傷的人大部分是腳傷，流血流滴，給篷布擔架仔染甲紅帕帕。

葉仔走到停車場，驚惶猶未煞的時，伊就發現邊仔的人，若毋是受傷，就是殘廢，真濟人提大筒射抑是坐輪椅，猶閣有人頭殼頂一直流血，有的人腳底破一孔血流昧止，有的驚甲疲疲搖，逐家東倒西歪坐置土腳。

奇怪的是半暝仔，除了救護車發出嗚咿嗚咿的聲以外，置停車場竟然真少有人咧講話。

葉仔看著受傷的人血流昧止，護士閣無閒甲走昧開腳，伊給美倫佮承璋安搭好勢，家己走去急診室揣一寡紗布、消毒藥水，客串醫療人員替週圍著傷的人清孔嘴、消毒、抹藥仔；葉仔盡量莫離開傷遠，互美倫恁母仔囝，會凍有安全感。

毋過，需要幫助的人實在真濟，葉仔恨家己無生出卡濟雙手來鬥相共，有一個「歐巴桑」驚甲心臟病歹起來，葉仔無能為力，只好去拜託醫護人員，醫生來了後，葉仔閣轉向另外一個需要幫助的患者。

2點16分，一陣驚天動地的餘震又閣來啊；這擺除了左右搖震，又閣頂下跳動，頭前無外遠的所在有建築物倒去的聲，續

血流，就是滿臉、滿身的血，有些人看起來連動都沒動，不知是死還是活？

有一個人，全身都變形了，整個人看不見頭臉。

在大廳的角落，有一位中年的護士，正在為一位患者做電療急救，整個大廳和大門都被這些傷患擠得水洩不通。

想不到進來的人比出去的還多，受傷的人大部分是腳傷，血流不止，把帆布擔架染得一片血紅。

葉子跑到停車場，驚魂未定時，發現旁邊的人，不是受傷，就是殘廢，許多人拿著點滴筒或是坐輪椅，還有些人頭上還一直流著血，有的人腳底受傷血流如注，有些人嚇得直發抖，大家東倒西歪坐在地上。

奇怪的是半夜裏，除了救護車發出嗚咿嗚咿的聲音之外，在停車場竟然很少有人在講話。

葉子看到受傷的人血流不止，護士又忙得分身乏術，他把美倫和承璋安頓好，自己跑到急診室找來一些紗布、消毒藥水，客串醫療人員替週圍受傷的人清理傷口、消毒、抹藥；葉子盡量不離開太遠，讓美倫他們母子，能有安全感。

可是，需要幫助的人實在太多了，葉子恨不得自己能夠多生出幾雙手來幫忙，有一位「歐巴桑」嚇得心臟病發作，葉子無能為力，只好求助於醫護人員，醫生來了之後，葉子又轉向另外一個需要幫助的患者。

2 點 16 分，一陣驚天動地的餘震又來了；這次除了左右搖晃，外加上下跳動，前面不遠處有建築物倒下去的聲音，跟著是

落來有一陣土沙飛起來，葉仔煩惱美倫恁母仔囝的安全，就趕緊
走轉來恁身軀邊，等餘震過了後，確定恁兩人無代誌，徵求恁同
意，才閣去幫助別人。

承璋佮媽媽坐置空地仔頂，感受著秋天厚厚的涼意，對 1 點
47 分大地動就開始停電啊，四界暗摸摸，這陣，坐置曠闊的廣
場，意外發現真久毋捌看著的天星，攏總聚集置遮，佮遮的無助
的災民大目對小目，相對相。

承璋講：「媽媽，咱足久毋捌去露營啊，今仔日就當做是露
營啦！媽媽，你看天頂有足濟星置咧給咱看。」

美倫 taN 頭，看著滿天星光影影，又閣聽承璋講遮的話，
互伊本底緊張的心情小可放卡輕鬆。

殘破的家園

一暝驚惶無閒又閣長嬲嬲的暗暝總算過去啊，透早五點，天
已經潛(phu²)潛啊光，逐家收拾殘破的心情，準備欲轉去厝裏。

毋過，這個時陣無人敢轉去大地動了後的病院內底。

承璋的大筒射，半暝的時早就滴完，美倫看四箍輾轉猶亂糟
糟，知影一時嘛揣無護士，伊將家己當做護士，替承璋給針頭拔
出來，用原本墊(chu⁷)置針頭下底的棉仔，貼跤孔嘴面頂止血。

奇怪的是，天光的時陣，美倫意外發現承璋昨昏燒甲四十度
的體溫已經退燒啊！

橫直病院內外亂糟糟，護士揣無病人，病人嘛揣昧著護士；
美倫建議葉仔直接轉去厝，葉仔看著這種情形，嘛只有聽恁某的

一陣塵土飛揚，葉子擔心美倫他們母子的安全，趕緊跑回來他們身邊，等餘震過後，確定他們兩人平安沒事，徵求他們的同意後，再去幫助別人。

承璋和媽媽坐在空地上，感受著秋天濃濃的涼意，從 1 點 47 分的大地震開始就停電了，四周一片黑壓壓，此刻，坐在空闊的廣場，意外發現有好久不曾看到的星星，全都集合在這裏，和這些無助的災民大眼瞪小眼，面面相覷。

承璋說：「媽媽，我們好久不曾去露營了，今天就當做是露營吧！媽媽，你看天上有好多星星在看我們。」

美倫抬頭，看見滿天星斗閃閃發光，又聽到承璋講這些話，使得本來緊張的心情稍微緩和了些。

殘破的家園

一夜驚慌忙亂又冗長的黑暗總算過去了，清晨五點，天色已經漸漸亮起來，大家收拾殘破的心情，準備要回家去。

不過，這時任誰都不敢回去大地震過後的醫院。

承璋的點滴，早就在半夜滴完了，美倫看到四週一團亂，知道一時也找不到護士，她就自己充當護士，替承璋把針頭拔出來，用原來墊在針頭下的棉花，壓在傷口上止血。

奇怪的是，天亮時，美倫意外發現承璋昨天燒到四十度的體溫已經退燒了！

反正醫院裏裏外外一片混亂，護士找不到病人，病人也找不到護士；美倫建議葉子直接回家，葉子看見這種情況，也只有回

話。

置路裏，看著路邊的厝倒的倒、崩的崩，有的厝歸排攏倒了了，有的是二樓變做一樓，轎車 teh 置厝下底，有的人互瓦佮磚仔 teh 稠，咧等人來救，歸路攏聽著人的哭聲、叫聲、講話聲，聲聲哀悲，鑽入葉仔的耳孔內。

這個時陣，葉仔才去想著家己的厝，毋知有倒去否？想到遮，葉仔將油門摧盡磅，趕轉悠兜。

轉到巷仔口，才發現歸條巷仔攏總變做廢墟，葉仔行到家己厝的所在，厝邊攏圍很來，問葉仔歸暝是走佗位去？

早起，歸巷仔的人，攏掠做葉仔歸家口仔無走出來，當欲準備揣人來救悠，想昧到葉仔一家口仔竟然出現置面前，互歸條巷仔的人歡喜甲謝天謝地。

隔壁的阿嬤直直唸：「阿彌陀佛，善哉！善哉！」

葉仔昧顧得家己已經變做廢墟的厝地，猶閣一直問逐家有平安否？

蹛置斜對面開麵店的雙喜仔講：「我昨昏聽著"轟"一聲，隨走出來看，目睭前歸片空——空空，恁這爿的厝攏總無去啊！」

尾仔，逐家蹛置附近的空地仔，頭兩工，逐家攏是睏露天的。

有一寡人，除了身軀所穿的一領睏衫以外，已經無任何一項物件留落來囉。

葉仔悠兜，因為前一暝承璋蹛院，佳哉，有提一寡衫仔褲、毯仔佮現金出來。

家一途。

　　沿路上，看見路邊的房子倒的倒，塌的塌，有些房子整排都倒成一片，有的是二樓變成一樓，轎車被壓在房子下，有些人被瓦礫或磚頭壓住了，在等待救援，整路都聽到人的哭聲、叫聲、講話聲，聲聲悲切，鑽入葉子的耳朵裏。

　　這個時候，葉子才想到自己的家，不知道有沒有倒掉？想到這裏，葉子把油門踩到底，趕回去他們家。

　　回到巷口，才發現整條巷子都變成廢墟，葉子走到自己家的位置，鄰居都圍過來，詢問葉子整夜跑到哪兒去了？

　　早上，全巷子的人，都以為葉子全家沒有逃出來，正準備要找人來救他們，沒想到葉子一家人竟然出現在眼前，讓全巷子的人興奮得謝天謝地。

　　隔壁的阿嬤不斷地唸：「阿彌陀佛，善哉！善哉！」

　　葉子顧不得自家已經變為廢墟的房舍，還一直問大家是否平安無事？

　　住在斜對面開麵店的雙喜說：「我昨晚聽到“轟”一聲，馬上跑出來看，眼前一片空曠，你們這邊的房子通通不見了！」

　　後來，大家住在附近的空地上，頭兩天，大家都是露天住宿的。

　　有些人，除了身上所穿的一件睡衣之外，已經沒有任何一樣東西留下來了。

　　葉子他家，因為前一晚承璋住院，還好，拿了一些衣褲、毯子和現金出來。

　　承璋看著愈兜的厝倒去，又閣看著媽媽憨神憨神坐置土腳，心肝內真煩惱。

　　這個時陣，承璋對冊包仔內底提出伊的寄金簿仔，這是承璋平常時仔儉腸勒肚所儉的錢，猶閣有過年時仔，爸爸、媽媽、姐姐佮親晟互伊的紅包，一點一滴儉起來的。

　　媽媽接過寄金簿仔，無張弛給拍開看覓，目睭遂金起來，看昧出一個七歲囡仔，竟然已經儉幾若萬箍。

　　媽媽提著寄金簿仔，給承璋的手揪咧，感動甲目屎流落來，置眾人內底揣著葉仔，將寄金簿交互伊，葉仔看著寄金簿內底的數字，代先是驚一 tio[5]，續來目屎含目墘，一直搓承璋的頭殼，閣給伊攬咧胸前，真久真久，目屎遂一直流落來。

葉仔的精神

　　葉仔雖然嘛知影短期間內，無可能有厝通蹛，所以就去買布篷，伊利用承璋的存款買真濟布篷送互厝邊頭尾，而且給厝邊兜講是承璋的意思。

　　領著布篷的人攏來給承璋說多謝，隔壁的阿嬤一直呵咾承璋是小菩薩，對彼陣開始小菩薩就成做承璋的代名詞，無論厝邊抑是同學攏安呢叫伊。

　　葉仔對 921 集集大地動以來，逐工攏無閒咧幫忙照顧厝邊兜，早就昧記得家己嘛是災民。

　　這工，葉仔扰著一個兩、三歲身軀垃圾(lah sap)垃圾，真明顯有幾落位傷痕的查甫囡仔，企佇路邊咧哭，給問嘛昧曉應，

　　承璋看見他們家倒掉了，又看見媽媽眼神呆滯地坐在地上，心裏十分煩惱。

　　此時，承璋從書包裏拿出他的存摺，這是承璋平時省吃儉用所存起來的錢，以及過年的時候，爸爸、媽媽、姐姐跟親戚給他的紅包，一點一滴儲存起來的。

　　媽媽接過存摺，無意識地打開瞄一下，眼睛突然亮了起來，看不出一個七歲的孩子，竟然存了好幾萬元。

　　媽媽拿著存摺，拉著承璋的手，感動得淚眼婆娑，在眾人當中找到葉子，把存摺交給他，葉子看到存摺裏的數字，首先是嚇一跳，接下來紅了眼眶，一直摸承璋的頭，又把他抱在胸前，好久好久，眼淚竟掉個不停。

葉子的精神

　　葉子雖然也明白在短期間內，不可能有房子可以住，所以就去買帳篷，他利用承璋的存款買很多帳篷送給左右鄰居，而且向鄰居說是承璋的意思。

　　領到帳篷的人都來向承璋說謝謝，隔壁的阿嬤一直誇承璋是小菩薩，從那時起小菩薩就成了承璋的代名詞，無論鄰里或是同學都這樣叫他。

　　葉子從 921 集集大地震以來，每天都忙著照顧周圍的鄰人，似乎忘了自己也是災民。

　　這天，葉子遇見一位兩、三歲全身髒兮兮，很明顯有好幾處傷痕的小男孩，站在路邊哭，問他也回答不出來，只好帶去到處

只好 chhoa⁷ 伊四界去問人，到底這是誰人的囝仔？閣問看伊的
父母置佗位，囝仔一直搖頭，手遂比位恁兜倒去的所在，葉仔去
請救難人員，三點鐘了後挖出三具屍體。

　　這個時陣，美倫已經替這個查甫囝仔洗好身軀，嘛互伊穿承
璋的衫仔褲，雖然有卡大領，總是誠清氣，美倫飼弟弟食雙喜煮
來的麵，彼個弟弟置布篷外口佮承璋走相逐（jiok），並毋知影伊
的父母佮阿姐已經過身的消息。

　　自捌葉仔以來，恁兜迭迭有親晟朋友踏腳到，有的是翁某，
有的是學生，抑是來揣空課暫時蹛恁兜的人客，嘛有父母離婚長
期寄置恁兜的讀冊囝仔，葉仔恁兜親像一間收容所，不管時攏有
人搬出搬入，恁翁仔某總是眞誠懇案內人客，毋捌聽恁講安怎樣
啊。

　　葉仔雖然只是一片小小的葉仔，毋過，置眞濟互人看無上目
的葉仔內底，伊是一片會發光的葉仔。

——原稿華文

問人，到底是誰家的孩子？再問他的父母在哪裏，小男孩一直搖頭，手卻指著他家倒下的地方，葉子去拜託救難人員，三個鐘頭之後挖出了三具屍體。

這個時候，美倫已經幫這個孩子洗好澡，也讓他穿上承璋的衣褲，雖然稍嫌大了些，總是乾乾淨淨的，美倫餵小弟弟吃雙喜煮來的麵，小弟弟和承璋在帳篷外追逐，並不知道他的父母和姐姐已經過世的消息。

自從認識葉子至今，常常有親戚朋友拜訪他家，有的是夫妻，有的是學生，或者是來找工作暫時住在他家的客人，也有父母離婚長期寄宿在他家的學生，葉子他家就像是一間收容所，時常都有人搬進搬出，他們夫妻倆總是誠懇招待客人，不曾聽到他們抱怨過。

葉子雖然只是一片小小的葉子，不過，在許多不起眼的葉子裏面，他卻是一片會發光的葉子。

——2001.1.15《台灣 e 文藝》創刊號

［台語］

吳子祺傳奇

　　我今年十歲，我的名號做吳子祺，外號叫做「五子棋」；即馬讀光復國小三年仔，我是阮班的模範生。

　　我上恰意畫圖佮作文，迭迭代表學校參加校外的各種活動，適常替學校爭光彩。這擺，全縣的作文比賽我閣著第一名。縣長阿伯親身頒獎互我，轉來學校了後，校長猶閣特別叫我企佇講台頂接受表揚，阮導師歡喜笑甲嘴攏合昧起來，全班的同學逐個攏真歡喜，校刊頂面嘛有登我的文章，閣有插圖，彼是我的大頭相（素描），一時間，我變做光復國小的出名人物。

　　一禮拜了後，學校收著一張縣政府寄來的公文，公文內底講縣長欲佮阮校長，猶閣有阮導師鬥陣去阮兜拜訪。

　　老師給影印的公文交互我，叫我愛提轉去互家長看，閣請悠彼工一定愛置厝裏等候。對這節課開始，我就無法度專心上課，歸個頭殼內攏是彼張公文的影，放學了後，我拖著沉重的腳步轉去。歸路，一直想講欲安怎給阿爸、阿母說明這件代誌，阿爸、阿母知影了後會安怎反應，遮的代誌置我小小的心肝底，親像足大隻的野獸彼款 teh 甲我無法度喘氣。

　　真希望這條路永遠行昧透，永遠攏莫到厝。可恨的是，當我安呢想的時陣，我已經企佇阮兜門腳口啊。揀開千斤重的紗門，

[華文]

吳子祺傳奇

　　我今年十歲，我的名字叫做吳子祺，外號人稱「五子棋」；目前就讀光復國小三年級，我是我們班的模範生。

　　我最喜歡畫圖和作文，常常代表學校參加校外的各項活動，時常為學校爭光。這回，全縣的作文比賽我又得到第一名。縣長伯伯親自為我頒獎，回到學校之後，校長還特別叫我站在講台上接受表揚，我們導師高興得合不攏嘴，同班同學也與有榮焉，校刊上面也刊登我的文章，還有插圖，那是我的大頭照（素描），一時之間，我變成光復國小的風雲人物。

　　一個禮拜之後，學校收到一張縣政府寄來的公文，公文內容說明縣長要和我們校長，還有我們導師一起去我家拜訪。

　　老師把公文的影印本交給我，叫我要拿回去給家長看，請他們那天一定要在家等候。從這節課開始，我就無法專心上課，整個腦袋裏都是那張公文的影子，放學後，我拖著沉重的腳步回去。整路，一直在想要怎麼向爸媽說明這件事情，爸爸、媽媽知道後會是怎樣的反應，這些問題在我小小的心底，就像一隻超大的野獸那般壓得我喘不過氣來。

　　真希望這條路永無止境，永遠都不要到家。可恨的是，當我這麼想的時候，我已經站在家門口了。推開千斤重的紗門，無精

頭殼犁犁行入去客廳，抵好看著阿母手裏捧一盤菜，行對細隻桌仔去，我趕緊擲掉冊包仔，接過阿母手裏的菜，給阿母講：「媽，我轉來啊。」

阿母的笑容總是遮呢啊親切，伊給面越過來對我講：「子祺，你轉來啊，等阿爸轉來就會凍食飯啊，你先去做功課。」我企佇伊的面頭前一下仔，想欲開嘴講話，閣毋知欲安怎講才好。當我欲行入去寫功課的時，媽媽雄雄問：「子祺，你是安怎？」

我一向真堅強，今仔日毋知安怎，竟然大聲哭出來。

媽媽聽著真緊張，顛顛倒倒行過來，問我講：「你是安怎？是毋是同學欺負你？抑是佗位無爽快？」媽媽用手摸我的額頭，給我摸看覓，是毋是有發燒？互阿母攬佇胸前的我，愈哭愈大聲。安呢生，顛倒給阿母驚著，阿母那搓我的腳脊骿那講：「乖，莫哭莫哭，有啥物代誌逗逗仔講。」

等我哭煞，天嘛暗啊，阿爸的三輪車聲對遠到近，漸漸停置門口埕。

我那拭目屎那行出去替阿爸開門，阿爸看著我哭過的面容，雄雄攙(chhoah)一下，伊閣當做無看著全款，行入去內面洗手面，閣順續給湯捧出來囥佇桌頂，表示欲食飯啊！

毋過，阿爸今仔日食飯食甲真無專心，那食閣那用目尾給我偷 kang³，面腔並無啥物變化，恬恬咧食飯，這工的暗頓氣氛特別沉重。

等逐家攏食飽了後，我碗箸鬥收收咧，就入去寫功課。功課寫好了後，我只好將公文佮聯絡簿鬥陣提互阿爸看，阿爸看公文

打彩地走入客廳，恰好看見母親手裏端著一盤菜，走向小桌子去，我趕緊放下書包，接過母親手裏的菜，向母親打個招呼：「媽，我回來了。」

媽媽的笑容總是這麼親切，她把臉轉過來對我說：「子祺，你回來啦，等爸爸回來就可以開飯了，你先去做功課。」我站在她前面一會兒，想要開口說話，但不知該如何啓齒才好。當我要走進去寫功課時，媽媽突然問：「子祺，你怎麼啦？」

我一向很堅強，今天不知怎麼了，竟然放聲大哭起來。

媽媽聽到緊張起來，跌跌撞撞走過來，問我：「你是怎麼了？是不是同學欺負你？還是哪裏不舒服？」媽媽用手摸我的額頭，摸摸看是不是發燒了？讓母親抱在懷裏的我，愈哭愈大聲。這樣，反倒讓母親更擔心，母親邊拍我的背邊安慰我：「乖，不哭不哭，有什麼事情慢慢講。」

等我哭完，天色也暗了，爸爸的三輪車聲由遠而近，漸漸停在家門口。

我邊拭淚邊走出去幫爸爸開門，爸爸見我哭過的容顏，吃了一驚，他又當做沒看到似的，走進去裏面洗臉，順便把湯端出來放在桌上，表示可以開飯了！

但是，爸爸今天吃飯吃得並不專心，邊吃邊用眼角偷偷打量我，臉上倒是沒什麼變化，安靜的吃飯，這天的晚餐氣氛特別沉重。

等大家都吃飽之後，我幫忙收拾碗筷，就進去寫功課。功課寫完後，我只好把公文和聯絡簿一起拿給爸爸看，爸爸看完公文

的內容了後，用真複雜的眼神給我看。我肩胛頭震一下，表示毋知欲安怎，閣含著目屎歸面無可奈何的表情，阿爸這陣才知影，我拄才是咧哭啥物？

阿爸的目睭內充滿真濟疑問，我的問題攏愛互伊提出來審判，就親像一隻水鷄歸領皮剝了了，互人綁置手術台頂欲剖腹全款，心肝內真毋是滋味，我實在毋知影欲安怎處理才好。阿爸扲（liah）一張曆日紙，置後壁面歪歪斜斜寫大字「跟你們老師說爸爸要工作，叫他們不要來。」我目屎含咧，毋知欲講啥物才好。

第二工到學校，我給阿爸的意思轉達互老師，老師逐氣甲親像一隻虎豹母，大力拍桌仔講：「別人想欲爭取猶閣爭取昧著，你竟然想欲放棄，你實在互我真失望啦。」我頭殼犂犂，毋敢看老師的目睭，胃內底滾絞著五種氣味的早頓，心肝內有講昧出來的艱苦。

心肝內大聲喝：「老師對不住，我毋是故意欲惹你受氣，我實在有不得已的苦衷，請你原諒我。」毋過，嘴裏卻講昧出一句道歉的話。過一時仔，老師猶原真受氣講：「就算講我毋去，校長嘛無法度給縣長交代，我看你猶是轉去拜託恁爸爸給公司請假！」老師續咧講：「無安呢好啊，我拍電話給恁爸爸講好啊，你先倒轉去教室。」

轉到教室仝伴的同學攏圍過來，問我到底發生啥物代誌，我連一句話都無想欲講。這陣的我，佮平常時仔活潑愛耍的我，完全變做另外一個人，好佳哉，上課的鐘仔聲響起來，逐家才帶著失望的表情，行轉去家己的位。

的內容之後，用很複雜的眼神望著我。我聳聳肩，表示不知該怎麼做，又含著眼淚一副無可奈何的表情，爸爸這才知道，我剛才是在哭什麼？

爸爸的眼睛裏充滿許多疑問，我的問題都得被他拿出來審判，就像一隻青蛙全身皮剝光光，被綁在手術台上要被剖腹那般，心裏很不是滋味，我實在不知道要怎麼處理才好。爸爸撕一張日曆紙，在後面歪歪斜斜寫著大字「跟你們老師說爸爸要工作，叫他們不要來。」我含著眼淚，默默無言。

第二天到學校，我把爸爸的意思轉達給老師，老師氣得像一隻母老虎，用力拍桌子：「別人想要爭取還爭取不到，你竟然想要放棄，你實在讓我很失望。」我低下頭，不敢正視老師的眼光，胃裏攪動著五味雜陳的早餐，心裏有講不出的難過。

心裏大聲呼喚：「老師對不起，我不是故意要惹你生氣的，我實在有不得已的苦衷，請你原諒我。」但是，嘴裏卻講不出一句道歉的話。過一會兒，老師仍然很生氣的說：「就算我不去，校長也無法向縣長交代，我看你還是回去拜託你爸爸向公司請假吧！」老師接著說：「不然這樣好了，我打電話跟你爸爸說好了，你先回教室。」

回到教室好些同學圍了過來，問我到底發生什麼事，我連一句話都不想說。此時的我，跟平常活潑愛玩的我，完全變成另外一個人，還好，上課的鈴聲響了起來，大家才帶著失望的表情，走回自己的位子。

放學回到家，母親說老師有打電話來：「阿祺啊，你們老師

　　放學轉到厝裏，阿母講老師有拍電話來：「阿祺仔，恁老師拄才有敲電話來，我毋知欲安怎給伊解說，昧凍互伊來咱兜的原因。」

　　「而且老師干單顧伊家己一直講，我攏無機會給應，落尾老師講，就安呢決定啊，拜託恁頭家無論如何攏愛請假置厝裏等，就給電話掛斷啊，我根本就無機會通講話。」阿母那講那給茱茵置桌頂。

　　阿母接咧講：「等一下，恁阿爸轉來，我才佮伊參詳看覓，你先去寫功課。」過無偌久，阿爸就轉來啊，阿母給伊講老師敲電話來的代誌。阿爸的表情真冷淡，伊夯頭四界看看咧，掠我看看咧，食一屑仔飯就入去房間仔內。

　　縣長欲來的日子已經到啊，阿爸決定置厝裏等縣長佮師長來，早起第二節課上一半，我就互人叫去校長室，校長室內外搝滿足濟人，我毋知影恁是啥物人？毋過，縣長真親切給我問講平常時仔安怎讀冊？厝內猶閣有啥物人？功課攏是啥物人教的？作文是啥人指導的？哪會遮敖寫呢？

　　縣長的問題親像放炮仔全款，一發接一發，槍子無虛發，自頭到尾無停過。我實在毋知影欲對佗一個問題先回答才好，只好用無奈的眼光求校長鬥相共。校長親像會凍了解我的意思全款，笑笑仔給縣長講：「伊的作文是伊的導師教的，這個囡仔平常時仔就真用心，嘛有幾分仔天份，品行真好，真自愛，做代誌嘛真拍拚。安呢好啊，我看時間嘛無早啊，無，咱即馬就出發好否？」

剛才有打電話來，我不知道要怎麼跟他解釋，不能讓他來我們家的理由。」

「而且老師只顧著自己一直講，我都沒有機會回應，最後老師說，就這樣決定吧，拜託你先生無論如何都要請假在家裏等，就這樣把電話掛斷了，我根本就沒有機會可以插嘴。」母親邊講邊把菜放在桌上。

母親接著說：「等一下，你爸爸回來，我再跟他商量看看，你先去寫功課。」過不多久，爸爸回來了，母親跟他說老師打電話來的情形。爸爸的表情很冷漠，他抬頭四處望一望，再看看我，吃一點飯就進去房間。

縣長要來的日子已經到了，爸爸決定在家裏等縣長和師長來，上午第二節課上一半，我被叫去校長室，校長室裏裏外外擠滿了人，我不知道他們是誰？不過，縣長很親切問我平常怎麼讀書？家裏還有哪些人？功課都是誰在指導的？作文是什麼人教的？怎麼這麼會寫作文呢？

縣長的問題就像連環炮似的，一發接一發，彈無虛發，從頭到尾沒停過。我實在不知道要從哪一個問題先回答才好，只好用無奈的眼光求校長幫忙。校長就像很了解我的意思那般，笑著回答縣長：「他的作文是他的導師教的，這個孩子平時就很用心，也有幾分天份，品性很好，很自愛，做事情也很勤快。這樣好了，我看時間也不早了，不然，咱們現在就出發好嗎？」

其實校長也無法回答縣長的問題，因為校長也不了解我的家庭情況。學校只例行公事的在家庭記錄表內記載，家裏有幾個

其實校長嘛無法度回答縣長的問題，因為校長嘛無了解我的家庭情況。學校干單例行公事置家庭記錄表內底記載，厝裏有幾個人？父母是誰？教育程度和職業？監護人是誰？地址、電話，這類簡單的記錄而已。

這陣，大隊的人馬欲出發啊，總共有三台轎車和一台九人座的，一台是縣長佮校長猶閣有幾若個穿西裝的人坐做夥，我佮孫老師猶有主任坐另外一台車，其他的隨人上車了後就出發啊。聽孫老師講怹中間有的是記者，莫怪怹拄才置校長室的時陣一直咧歕相，我汰會即馬才明白，我真正是豬腦。

我坐的這台車互怹安排置第一台，坐置我身軀邊的孫老師歡喜甲昧輸欲去郊遊全款，伊今仔日話特別濟，互我感覺小可煩。我的心肝內親像吊七、八個水桶全款起起落落真不安，真無自在，對孫老師問的問題干單含含糊糊，簡單應付爾爾。

奇怪的是，我逐工去上課，攏感覺阮兜足遠的，行歸世人攏行昧到學校，今仔日汰會遮緊就到位啊！我置想，古早人講的「近鄉情怯」，毋知會凍用置我即馬這款複雜閣無奈的心情否？

一直到轎車停置阮兜巷仔口的時，孫老師的笑容歸個消失去，逐家逗逗仔落車，每一個人攏變甲足安靜的。厝邊兜因為好奇，攏總走出來看鬧熱，歸條巷仔攏擠甲昧振昧動。記者對所有的觀眾拍拊歕相。孫老師揪我的衫仔問：「吳子祺，恁兜就踮置水溝仔頂哦？」

毋干單安呢爾爾，卡慘的閣置後壁咧。

阮兜是起置水溝仔頂頭的違章建築，是用鐵片（phiaN²）圍

人？父母是誰？教育程度和職業？監護人是誰？地址、電話，這類簡單的記錄而已。

此時，大隊的人馬要出發了，總共有三輛轎車和一輛九人座，一輛是縣長和校長還有幾位穿西裝的人共乘，我和孫老師以及主任坐另外一輛車，其他的人各自上車之後就出發了。聽孫老師說他們當中有的是記者，難怪他們剛才在校長室時一直在照相，我怎麼會現在才明白，我真是豬腦袋。

我坐的這輛車被安排在第一台，坐在我身邊的孫老師高興得像是要去郊遊似的，他今天的話特別多，讓我覺得有點不耐煩。我的心裏像吊著七、八個吊桶那樣起起伏伏很不安，非常不自在，至於孫老師問的問題只是含含糊糊，簡單應付而已。

奇怪的是，我每天上學，都覺得我家好遠，走一輩子都走不到學校，今天怎麼會這麼快就到了！我想，古人所講的「近鄉情怯」，不知道可以用在我現在這種複雜又無奈的心情嗎？

一直到轎車停在我家的巷子口時，孫老師的笑容全部消失了，大家紛紛下車，每一個人都變得很安靜。鄰居們因為好奇，都跑出來看熱鬧，整條巷子被擠到動彈不得。記者對所有的觀眾拚命拍照。孫老師拉著我的衣服問：「吳子祺，你們家就住在水溝上哦？」

不僅如此而已，更慘的還在後頭呢。

我們家是蓋在水溝上的違章建築，是用鐵皮圍起來的，地板是木頭做的，水只要直接倒在地板上就會自動流到水溝裏面去，所謂的房間，也只是用一塊布圍起來而已，客廳只有一張小桌子

起來的，地板是柴的，水只要直接倒置地板就會自動流落去水溝仔，所謂的房間，嘛干單是用一塊布圍起來爾爾，客廳只有一塊細塊桌仔佮幾塊椅仔。

校長看著阮兜，閣越頭給我看看咧，心肝內毋知有偌濟疑問，一時毋知欲對佗位問起。我 chhoa⁷ 校長去見我的父母，閣給阿爸、阿母介紹互校長。校長遂企踮阮兜門口眞久，昧輸是互人點著穴道全款，彼陣校長親像著驚過度的囡仔，連振動都昧振動。

主任感覺奇怪，爲啥物校長企踮遐毋講話，就行過去搭校長的肩胛頭。這個時陣，校長親像回魂全款，用伊招牌的笑容，給阮老父、老母拍招呼：「對不住，吳先生，阮安呢來拜訪，眞失禮。」校長的表情眞像殭屍，講話的聲嘛眞無自在。

阿爸無想著會來赫呢濟人，一時嘛眞緊張。我看著桌頂排幾塊杯仔佮兩盤餅、一盤水果。眞明顯是無夠招待遮濟人客。阿爸一下著急，隨走出去對厝邊咿咿呀呀比腳畫手。厝邊頭尾早就置記者返得著消息，原來是我的作文得著縣長獎，縣長特別安排今仔日來拜訪，欲來看覓是啥物款的家庭，會凍教育出遮呢優秀的囡仔。

厝邊頭尾無第二句話，逐個人攏轉去厝裏，給厝內會凍坐的椅仔、會凍搬的桌仔、會凍食的物件，攏總搬搬出來。歸條巷仔，大大細細懸懸低低，眞無整齊的桌仔、椅仔，舖甲長長長，這個情形，親像七月半的中元普渡大拜拜彼款，眞鬧熱。

我佮孫老師扶著失明的阿母行出來，所有的記者親像會搶無

和幾張矮凳子。

校長看見我們家，又回過頭來看著我，心裏不知有多少疑問，一時不知該從哪兒問起。我領著校長去見我父母，再將爸媽介紹給校長。校長卻站在我家門口許久，彷彿是被人點了穴道似的，那時的校長好像驚嚇過度的孩子，楞楞地杵在那裏。

主任感覺奇怪，為什麼校長站在那兒不說話，就走過去拍校長的肩膀。這時，校長像似回了魂，用他一向慣有的笑容，和我爸媽打招呼：「對不起，吳先生，我們冒昧來訪，真抱歉。」校長的表情真像殭屍，講話的聲音也很不自在。

我爸爸沒想到會來這麼多人，一時也緊張了起來。我看見桌上擺幾個杯子和兩盤餅乾、一盤水果。顯然不夠招待這麼多客人。父親一著急，立刻奔出去向鄰居們咿咿呀呀比手畫腳。左鄰右舍早就在記者那兒得到消息，原來是我作文比賽得到縣長獎，縣長特別安排今天來拜訪，要來看看是怎樣的家庭，可以教育出這麼優秀的孩子。

鄰居們沒有第二句話，每個人紛紛回去家裏，把家中可以坐的椅子、能夠搬的桌子，可以吃的食物，通通搬出來。整條巷子，大大小小高高低低，非常不整齊的桌子、椅子，排得長長的，這個情形，好像是七月半的中元普渡大拜拜一樣，很熱鬧。

我和孫老師扶著失明的母親走出來，所有的記者像怕搶不到鏡頭似的，趕過來照相，經過一番忙亂之後，大家就在巷子中央坐下來。校長急忙向縣長解釋整個情況，只見縣長一直點頭。

這個時候，里長和鄉長不知什麼時候也趕過來了，大家握手

鏡頭彼款，攏總走過來歡相，經過一時仔亂糟糟無閒了後，逐家就置巷仔中央坐落來。校長趕緊給縣長解說歸個情況，干單看著縣長一直點（tam³）頭。

這個時陣，里長佮鄉長毋知啥物時陣嘛趕過來啊，逐家握手了後才坐落來。里長坐置阿爸的身軀邊，替伊回答縣長的問題，有一寡里長看無的手勢才由我來解說。阿母本來就昧愛講話，閣拄著這款情形，一個人恬恬坐置遐。阿爸閣是臭耳人兼啞口，有時仔難免會鴨仔聽雷，講無啥會清楚，一切的訪問就置比腳畫手中間結束。

置轉去學校的路途中，孫老師真無歡喜，怪我無事先將厝裏的狀況給伊講，看伊欲安怎給校長交代？其實這件代誌，老師嘛昧凍怪我，伊家己嘛毋捌來問我，而且我嘛感覺無啥必要給老師講遮的，這是阮的家內事，佮學校一點仔關係都無，有啥物毋著的所在，我實在想昧曉。

想昧到的是，第二工去讀冊的時，歸路的學生仔攏對我指指拄（tu⁷）拄。起頭仔，我毋知是閣發生啥物代誌，落尾仔，才知影講是阮兜的代誌互人登置社會版的頭條新聞，報紙頂頭的大標題寫「瞎子聾子養出才子」、「鐵皮屋下的天才兒童」、「住在水溝上的小作家」、「拾荒者、瞎子、才子的傳奇」各報攏有恁家己的主題，各有千秋，條條有理。

一暝之間，阮彼條巷仔遂變做新聞的重點，逐工攏有報刊雜誌的記者來阮厝附近採訪。阿母互恁驚甲毋敢開門，逐工將家己關置厝內，連我下課的時嘛會互恁包圍，舞甲阮歸個生活攏昧正

後坐了下來。里長坐在我爸爸的身邊，替他回答縣長的問題，有一些里長看不懂的手勢才由我來解釋。母親本來就不愛講話，又遇到這種情況，一個人靜靜地坐在那裏。爸爸又是聾子兼啞巴，有時難免會鴨子聽雷，講不太清楚，一切的訪問就在比手畫腳當中結束。

在回去學校的路途中，孫老師相當不高興，責怪我沒有事先把家裏的狀況告訴他，看他要怎麼向校長交代？其實這件事情，老師也不能怪我，他自己又不曾問我，而且我也覺得沒必要跟老師講這些，這是我們的家務事，和學校一點關係都沒有，有什麼不對的地方，我實在想不通。

想不到的是，第二天上學時，整路的同學都對我指指點點。起先，我不知道又發生了什麼事，後來，才知道是我們家的事被登在社會版的頭條新聞，報紙上的大標題寫道「瞎子聾子養出才子」、「鐵皮屋下的天才兒童」、「住在水溝上的小作家」、「拾荒者、瞎子、才子的傳奇」各報都有自己的主題，各有千秋，條條有理。

一夜之間，我們那條巷子變成了新聞焦點，每天都有報章雜誌的記者來我們家附近採訪。母親被他們嚇得不敢開門，每天把自己關在家裏，連我下課時也會被他們包圍，弄得我們整個生活都不正常。

在這段期間，我曾多次被老師、主任和校長叫去問話。

這段日子，搞得我情緒非常低落，很不想去讀書。爸爸因為這樣被煩得要死。不過，有些人看到報紙之後，主動把家裏不要

常。

置這段期間，我捌眞濟攏互老師、主任和校長叫去問話。

這暫仔，舞甲我情緒眞歹（bai²），足無想欲讀冊。阿爸因爲安呢夆（hong⁵）煩甲欲死。毋過，嘛有人看著報紙了後，主動給厝裏無愛閣會凍回收的報紙、保特瓶、歹電風、熱水器、瓦斯爐等等送互阮。

嘛有人歸氣給厝裏無愛的舊傢俱搬來阮門口擲，互阮兜門口親像一粒山仝款。

阿爸無可奈何，又閣無計通想的情況之下，chhoa⁷阮母仔囝搬去南部庄腳蹛。

對這陣開始，阮一家口仔才會凍恢復卡平靜的生活，重新過著以前彼款無人問起，但是幸福的日子。

　　　　　　　　　　　　　　　——原稿華文

又可以回收的報紙、保特瓶、壞電扇、熱水器、瓦斯爐等等送給我們。

也有些人乾脆把家裏不要的舊傢俱搬來我家門口丟，讓我家門口像一座山。

爸爸很無奈，在無計可施的情況下，帶著我們母子一起搬去南部鄉下住。

從此，我們一家人才能夠恢復比較平靜的生活，重新過著以前那種無人問津，卻幸福的日子。

——2001.8.15〈台灣 e 文藝〉第 3 期

第四輯

可愛的台灣人

[台語]

可愛的台灣人

　　有一擺，我置報紙頂頭讀著一篇文章，內容是作者對一個音樂家的觀點。伊頭前所寫的哲學理論，我無意見。毋過，上尾仔彼段寫講：「（華文）……必然我不敢期望那些生意人多找了錢，台灣社會嘛，我只能請求他們別偷斤減兩、偷工減料，剝削我那些偶爾（也就是好不容易）賺來的錢。」我昧了解這位作者，是置「台灣社會」內底食過偌濟虧？若無者，哪會將可愛的台灣人講做「偷斤減兩、偷工減料、剝削同胞」的社會群體？我實在眞懷疑，這位作者到底是毋是台灣人？

　　會記得有一工，我去菜市仔買豬肉，干單欲買四十箍銀瘦肉爾爾。我給頭家講：「阮老母來阮兜，想欲煮一寡肉絲湯請伊，因爲阮厝內食素，所以拜託頭家給肉切切咧，多謝。」頭家笑笑仔給我點(tim³)頭，將原來稱好的肉切好勢，另外閣切邊仔的一橑(liau)大塊肉；切了，攏總包入袋仔內提互我，閣給我交代：「若準一擺煮昧完，偆的一定愛擱(khe³)冰箱冷凍才昧歹去。」說多謝了後，我付錢互伊，想昧到頭家毋肯收，伊講：「做生理做逿久啊，干單聽人客講買互囝食，罕得聽講買互序大人食，而且食素的人閣遮呢明理，肯爲序大人煮肉；這寡肉算我請，你毋通細膩，有閒才閣來。」

[華文]

可愛的台灣人

　　有一次，我在報紙上讀到一篇文章，內容是作者對一位音樂家的觀點。他前面所寫的哲學理論，我沒意見。但是，最後一段寫道：「（華文）……必然我不敢期望那些生意人多找了錢，台灣社會嘛，我只能請求他們別偷斤減兩、偷工減料，剝削我那些偶爾（也就是好不容易）賺來的錢。」我不了解這位作者，是在「台灣社會」裏吃過多大的虧？不然，怎麼會將可愛的台灣人講做「偷斤減兩、偷工減料、剝削同胞」的社會群體？我實在很懷疑，這位作者到底是不是台灣人？

　　記得有一天，我去菜市場買豬肉，只想買四十塊錢瘦肉而已。我跟老闆說：「我母親來我家，想煮一些肉絲湯請她，因為我們家裏吃素食，所以拜託老闆幫我把肉切一切，謝謝。」老闆微笑跟我點頭，把原來秤好的肉切好之後，另外又切旁邊一塊大塊的肉；切完，通通包入袋內拿給我，又交代我：「如果一次煮不完，剩的一定要冰在冰箱冷凍才不會壞掉。」說完謝謝之後，我付錢給他，想不到老闆不肯收，他說：「做生意這麼久了，只聽到客人說要買給小孩吃，很少聽到要買給父母吃的，而且吃素食的人還這麼明理，肯煮肉給父母吃；這些肉算我請，你不要跟我客氣，有空再來。」

　　阮兜巷仔口賣早頓的頭家閣卡古錐。禮拜早起阮歸家口仔去恁店裏食早頓，食飽了後，錢納了就走啊。到中畫食飯飽，頭家一間仔一間揣，揣到阮兜來，給加收的十箍銀退還阮。伊講：「恁早起叫的兩碗紫菜湯，給恁算做當歸湯的錢，收碗的時陣才發現，眞昧過心，專工提十箍來還恁。」一直給阮會失禮。其實，阮家己根本就毋知影伊算毋著去，實在是古意閣古錐的頭家。順續給恁講一個小秘密，伊賣的物件大碗閣滿墘哦！

　　我是一個都市俗（song[5]），昧曉揀水果。每遍買水果，就給頭家講：「我欲買水果，毋過我昧曉揀，敢會凍麻煩頭家替我揀？」頭家攏眞熱心鬥相共，一面揀一面給我講：「小姐，你若講『好』，我就停手，若無我毋知影你欲買偌濟。」無論啥物水果，頭家替阮揀的總是芳閣甜，又閣眞有水份。伊是一位眞值得信任的生理人，逐擺買賣逐家攏歡喜，我食了歡喜，伊嘛趁甲誠安心。

　　其實，買物件的時，莫俗人傷計較，生理人自然昧偷斤減兩，顚倒會送一寡看起來無媠，毋過，食起來眞甜的水果，這是迭迭有的代誌。

　　行過眞濟國家，世間人看透透。上尾，轉來家己的鄉土，深深感覺台灣人上有人情味、上可愛。尊重別人，信任別人，相信逐家攏會凍感受著，台灣人實在攏眞古錐！

　　——1995 年得著第一屆台灣文學創作獎第二名（第一名從缺）

　　我家巷口賣早餐的老闆更可愛。禮拜天早上我們全家到他店裏吃早餐，吃飽之後，給了錢就離開。到了中午吃飽飯，老闆挨家挨戶的找，找到我們家來，把多收的十塊錢退還給我們。他說：「你們早上叫兩碗紫菜湯，我誤算成當歸湯的錢，收碗的時候才發現，很過意不去，特別拿十塊錢來還給您。」還一直向我們道歉。其實，我們自己根本就不知道他算錯錢，實在是老實又可愛的老闆。順便跟你們講一個小秘密，他賣的東西大碗又便宜哦！

　　我是一個都市鄉巴佬，不會挑水果。每次買水果，就跟老闆講：「我要買水果，不過我不會挑選，不知道可以麻煩老闆幫我挑嗎？」老闆都很熱心的幫我選，一面挑一面提醒我：「小姐，你說『好』，我就停手，不然我不知道你要買多少。」無論什麼水果，老闆幫我挑的總是又香又甜，又水份飽滿。他是一位很值得信賴的生意人，每次的買賣都皆大歡喜，我吃得滿意，他也賺得心安。

　　其實，買東西的時候，別與人斤斤計較，生意人自然就不會偷斤減兩，反而會送一些看起來賣相不好，吃起來特別甜的水果，這是常有的事。

　　走過許多國家，看過很多種人。最終，回到自己的鄉土，深深感覺台灣人最有人情味、最可愛。尊重別人，信任別人，相信大家都可以感受到，台灣人實在都很可愛！

214

[台語]

貪 心 的 人 類

盤古開天的時陣，上帝置地球頒布一項法令，所有的生物一律互怹三十年的歲壽，這款規定不止仔公道，逐家嘛攏有贊成。

毋過，牛考慮歸半晡，猶是感覺無妥當，俗語講：「做牛做馬無了時」，做牛遮呢辛苦，愛拖犁犁田，無論是日頭赤炎炎，抑是透風落雨，若準拄著農耕期，根本連禮拜就無通歇睏，逐工攏愛做穡，閣無薪水通領，想來想去欲活到三十歲，實在真辛苦呢！這個時陣，牛就舉手講：「報告上帝，阮牛的生活實在太辛苦咧，愛活到三十歲遮呢久，對阮來講實在是真大的拖磨，敢會使減二十，阮干單欲活十年就好，會使否？」

上帝感覺真為難，就給牠講：「地球頂頭所有的生物一律攏互怹三十年的歲壽，如果你欲減活二十年，安呢加出來的二十年欲互誰？」

這個時陣，貪心的人類就趕緊舉手講：「互我！互我！」

上帝想想咧，若有人欲捙（tih⁸），安呢就卡好解決。自安呢決定加出來的二十年批准互人類，安呢人類的歲壽就粒積到五十歲啊！

猴聽著牛的提議，想著家己一出世，面皮就皺皺，退呢歹看，掠準活到三十歲敢毋是閣卡老、卡醜（bai²）呢？而且猴生性

[華文]

貪心的人類

　　盤古開天的時候，上帝在地球頒布一項法令，所有的生物一律給他三十年的壽命，這樣的規定挺公道的，大家都很贊成。

　　不過，牛考慮了半天，還是覺得不妥當，俗語說：「做牛做馬無了時」，當牛這麼辛苦，要拖犁耕田，無論是赤日炎炎，或是風吹雨打，如果遇到農忙期間，根本連禮拜天都不得休息，每天都要工作，又沒有薪水可以領，想來想去要活到三十歲，實在太辛苦了！此時，牛就舉手發言：「報告上帝，我們牛的生活實在太辛苦了，要活到三十歲這麼長，對我們來講實在是很大的折磨，可不可以減少二十年，我們只要活十年就好，可以嗎？」

　　上帝覺得很為難，就對牠說：「地球上所有的生物一律通通給他三十年的壽命，如果你要減少二十年，這樣多出來的二十年要給誰啊？」

　　這時候，貪心的人類就趕緊舉手說：「給我！給我！」

　　上帝考慮一下，若有人要，這樣就比較好解決。就這樣決定把多出來的二十年批准給人類，如此人類的壽命就累積到五十歲了！

　　猴子聽見牛的提議，想到自己一出生，臉皮就皺皺的，那麼難看，如果活到三十歲不是更老更難看嗎？而且猴子生性奸詐，

奸巧，面相變化多端，老謀深算，無好鬥陣，這款的天性，如果
活了傷久，社會撤步學傷濟，敢毋是親像吉普賽人仝款，行到佗
位就互人呸嘴瀾咧，若欲安呢，不如減活幾年仔卡贏，活咧有尊
嚴卡有影。

　　猴想到遮就舉手說明家己的意思，牠講干單欲活十年就好，
這個時陣上帝就真頭疼囉，加出來的二十年欲安怎處理才好？想
昧到貪心的人類，昧輸驚互人搶去仝款，大聲喝講：「互我！互
我！我猶閣欲捶。」

　　猴既然無愛，上帝嘛無欲給勉強，只好給加出來的二十年，
閣撥互人類。

　　安呢，人類的歲壽就到七十高齡囉！

　　毋過，貪心的人類萬萬想昧到，置所有的生物內底，每一款
動物各司其職、各養天年，每一款動物的命運攏無仝款。

　　人類的智慧真懸，本來會凍真舒適過完三十年逍遙自在的人
生，卻因為傷過貪心，不知足，遂使得後半世人食盡苦楚。人類
對出世到三十歲之間，過著充實浪漫的日子，代先有快樂天真的
童年，猶閣有親像詩全款的「青春少年時，毋知愁滋味」的黃金歲
月，以及「問世間情為何物，直教人生死相許。」談情說愛的青春
年華；閣來就是人生的高峰，「只羨鴛鴦不羨仙」，結婚生囝，圓
滿如意，過著快樂幸福、多采多姿的生活。

　　可憐貪心的人類，因為加給牛討二十年的歲壽，所以置三十
到五十歲的時，就愛繼承牛的命運，親像牛退呢辛苦做穡，拖著
一家大細，做牛做馬討生活；置五十到七十的年歲，閣繼承猴山

面相變化多端，老謀深算，不好相處，這種天性，如果活太久，社會惡習學太多，豈不是要像吉普賽人一樣，走到哪裏都會讓人吐口水呢，果真如此，不如少活幾年較好，活得有尊嚴比較實在。

猴子想到這裏就舉手說明自己的意願，牠說自己只要活十年就好，此刻上帝真的很頭痛，多出來的二十年要怎麼處理才好？想不到貪心的人類，好像怕被別人搶走似的，大聲嚷嚷道：「給我！給我！我還想要。」

猴子既然不要，上帝也無法勉強，只好把多出來的二十年，又撥給人類。

如此，人類的壽命就有七十高齡囉！

但是，貪心的人類萬萬沒想到，在所有的生物裏面，每一種動物都各司其職、各養天年，每一種動物的命運都不同。

人類的智慧很高，本來可以很舒服的過完三十年逍遙自在的人生，卻因為太過貪心，不知足，才使得後半生吃盡苦頭。人類從出世到三十歲之間，過著充實浪漫的日子，首先有快樂天真的童年，還有像詩一般的「青春年少時，不知愁滋味」的黃金歲月，以及「問世間情為何物，直教人生死相許。」談情說愛的青春年華；再來就是人生的高峰期，「只羨鴛鴦不羨仙」，結婚生子，圓滿如意，過著快樂幸福、多采多姿的生活。

可惜貪心的人類，因為向牛多要了二十年的壽命，所以在三十到五十歲時，就要繼承牛的命運，像牛那樣辛苦工作，拖著一家大小，做牛做馬討生活；在五十歲至七十歲的年齡，又要繼承

仔的命運佮生性，面皮歸個起皺紋，皮膚佮體力嘛漸漸老化去，而且愈來愈嚴重，生性嘛愈來愈親像猴山仔，狡怪閣奸巧，所以才有「老謀深算、老奸巨猾」這類的形容詞出現。

　　因為人類的貪心，致使世世代代的人類攏得著刑罰，三十歲以前真幸福美滿；三十歲到五十歲之間，就親像牛拖犁全款，為著生活受拖磨；五十歲到七十歲的年紀，猴面佮猴性攏走走出來啊。

　　若準活過七十歲以上的人咧，彼就愛看天公伯仔的面色囉；積善之家必有後福，積德之人必有餘慶，所以咱做人就愛知足！毋通貪心啦！

——1998.6.30《島鄉台語文學》第 3 號

猴子的命運和習性，臉皮大量的皺紋，皮膚和體力也漸漸老化，而且愈來愈嚴重，習性也愈來愈像猴子，狡猾又奸詐，所以才有「老謀深算、老奸巨猾」這類的形容詞出現。

　　因為人類的貪心，致使世世代代的人類都得到懲罰，三十歲以前過得幸福美滿；三十歲到五十歲之間，就像牛拖犁一般，為了生活受折磨；五十歲至七十歲的年紀，猴臉和猴性都跑出來了。

　　如果活過七十歲以上的人呢，那就得看老天爺的臉色囉；積善之家必有後福，積德之人必有餘慶，所以我們做人要知足！不要貪心啦！

［台語］

島嶼羅烈鳥

　　有一種鳥仔號做「島嶼羅烈鳥」，世世代代生長置島嶼頂頭，恁是非常可愛閣有人性的鳥仔。

　　恁置談戀愛的時陣，會認真觀察對方的生活習慣，代先了解對方的習性佮個性，而且置交往的期間會互相尊重，守紀律、安本份，一直到感覺對方有適合家己，家己嘛恰意對方的時陣，才會考慮結婚的代誌。結婚進前嘛昧做超友誼的代誌，發生親密的行為。有生命共同體的感覺了後，恁的族群置生活上，會因為共同遵守生活公約，來形成一種共識，當然就會凍和平鬥陣，掛無事牌囉。

　　當一對島嶼羅烈鳥成家了後，公鳥自然會負起家庭責任，這點真親像父系社會的人類；本來是羅漢腳仔的生活，這陣有家庭負擔囉，恁除了愛揣糧草互家己食以外，閣愛負責揣糧草互母鳥食；等恁生鳥仔囝了後，公鳥就閣卡辛苦囉，恁會閣卡拍拚做穡，揣閣卡濟的糧草來飼厝內的大大細細。

　　若安呢，恁辛苦的代價是啥物？

　　恁因為揤力工作佮責任感，得著一個溫暖幸福的家庭，也完成做一隻鳥仔應該盡的義務和使命。

　　聖經頂頭有一句話，意思是講：「一個人的肩胛頭必須愛擔

[華文]

島嶼羅烈鳥

　　有一種鳥叫做「島嶼羅烈鳥」，世世代代生長在島嶼上，牠們是非常可愛又有人性的鳥。

　　牠們在談戀愛的時候，會認真觀察對方的生活習慣，事先了解對方的習性以及個性，而且在交往的期間會互相尊重，守紀律、安本份，一直到感覺對方適合自己，自己也喜歡對方時，才會考慮結婚大事。結婚之前也不會做出超友誼的事情，發生親密的行為。有生命共同體的感覺之後，牠們的族群在生活上，會因為共同遵守生活公約，來形成一種共識，當然就可以和平共存，掛無事牌囉。

　　當一對島嶼羅烈鳥成家之後，公鳥自然會負起家庭重任，這點很像父系社會的人類；本來是單身漢的生活，現在有了家庭負擔，牠們除了要找食糧供應自己之外，還要負責找糧食給母鳥吃；等牠們生下小鳥後，公鳥就更加辛苦囉，牠們會更努力工作，找更多的糧食回來養家活口。

　　那麼，牠們辛苦的代價是什麼？

　　牠們因為努力不懈的責任感，得到一個溫暖幸福的家庭，同時完成做為一隻鳥應該盡的義務和使命。

　　聖經上有一句名言，意思是說：「一個人的肩上必須要擔重

重擔,才會凍成做一個有擔當閣有路用的人。」對以上的故事內底,咱清楚了解,連鳥仔都會凍遵守怹的生活公約,世代無變;身為萬物之靈的人,敢會使無尊重生命共同體,逐家和平鬥陣咧?

——原稿華文

擔，才能夠成爲一個有擔當又有用的人。」從以上的故事裏，咱們清楚了解，連小鳥都能夠遵守牠們的生活公約，世代不變；身爲萬物之靈的人，可以不尊重生命共同體，大家和平相處嗎？

——發表於〈美德少年雜誌〉

［台語］

綠豆哲學

　　好朋友素珍來看我，紮伊家己種的紅菜頭、雲豆、茄仔和朋友送的芭樂，猶閣買一盒味黏嘴齒、味傷甜，芳閣好食、補血、強骨的黑麻仔土豆糖。

　　阮邪飲我對風櫃斗紮轉來的梅仔醋，配「天使香酥」雞卵糕，閣邪開講人生的哲學，我發現素珍的哲學素養真懸，伊看待人生和生命本質的反省能力，勝過一般人，置伊講話的過程中，迭迭出現看透生命玄機的例。

　　伊講有一工，黃昏和查某囝鬥陣落田種綠豆，伊翻土，查某囝掖籽，兩個人種甲伸手無看咧指頭仔，才將一坵綠豆田種好勢。看著綠豆苗逐工一直發出來，閣看著它發出青色的葉仔，開出青黃色親像蝶仔的翅股彼款形的花，彼種生命成長的過程和歡喜，是伊上歡喜看著的，伊並無期待豐收，一切順其自然。

　　親像往年仝款，毋管開偌濟花、結偌濟果，伊攏總歡喜接受，便若看著家己親手種的綠豆大豐收，飽滇的豆莢，迎風含笑。逐擺伊攏置透早露水猶未乾的時陣採收，才昧致使豆莢因為風乾來必開，若安呢，豆仔會落了了；續落來，提老阿嬤留落來的『米籮』給綠豆莢舖互開，囥置大埕曝日頭；可愛的綠豆，置大日頭腳，不但無熱著，反倒轉來閣嗶嗶哮哮快樂咧唱歌，唱甲足

[華文]

綠豆哲學

　　好朋友素珍來看我，帶來她自己種的紅蘿蔔、雲豆、茄子和朋友送的芭樂，還買一盒不黏牙又不會太甜，又香又好吃補血強鈣的黑芝麻花生糖。

　　我們邊喝我從風櫃斗帶回來的梅子醋，配「天使香酥」蛋糕，邊聊著人生哲學，我發現素珍的哲學素養很高，她看待人生和生命本質的反思能力，勝過一般人，在她談話過程中，時常會出現洞悉生命玄機的例子。

　　她說有一天，黃昏和女兒一起下田種綠豆，她翻土，女兒撒種籽，兩個人種到伸手不見五指，才把一片綠豆田種起來。看著綠豆苗每天不斷冒出來，又見它生出綠色的葉子，開出黃綠色像是蝴蝶的翅膀那種形的花，那種生命成長的過程和喜悅，是她最喜歡看到的，她並不期待豐收，一切順其自然。

　　就跟往年一樣，不管開多少花、結多少果，她都欣然接受，一旦看見自己親手種的綠豆結實纍纍，飽滿的豆莢，迎風含笑。每次都招引她在清晨露水未乾的時分採收，才不至於使豆莢因為風乾而裂開，不然，豆子會掉光光；接下來，拿起老阿嬤留下來的『米籮』把綠豆莢舖開，放在院子裏晒太陽；可愛的綠豆，在大太陽下，不但沒有中暑，反而嗶嗶剝剝很快樂的在唱歌，唱得興

歡喜、足爽快的，那唱歌那跳舞，當豆莢裏的豆仔籽，親像刺鳥因為熱愛生命佮家己的使命，雄狂唱歌跳舞的時，嘛完成生命中上清高美妙的樂章。看見一粒一粒置『米籮』內底跳動的綠豆，彼種感動，實在毋是這枝鈍筆會凍來形容，彼種對生命熱誠的奉獻佮對大自然物盡其用的無私精神，真正使人感動。

每擺，煮綠豆的時，總是抱著感恩、敬重的心。

綠豆位抽芽、發葉、開花、結果一直到收成、曝乾，一再為素珍帶來無限的滿足佮歡喜；甚至食置嘴內，彼種芳閣甜的口味，互人飽足感以外，它猶有排毒、清肝降火的作用。

看著一粒小小的綠豆，帶互咱人歡喜佮多元的功能；甚至置它欲完成使命進前，經過風吹日曝，上艱苦的階段猶會凍那唱歌那跳舞來對待它生命中的苦刑，對綠豆的哲學內底，互我體悟著生活的智慧，今後我愛抱著感恩和知足的心，來面對生命的意義，珍惜人生的價值。

──原稿華文

高采烈，邊唱歌邊跳舞，當豆莢裏的豆子，像刺鳥因熱愛生命及自己的使命，而瘋狂的高歌勁舞時，也完成了生命中最清高美妙的樂章。看見一粒粒跳躍在『米籮』中的綠豆，那種感動，實非這枝鈍筆可以形容，那種對生命熱誠的奉獻和對大自然物盡其用的無私情懷，令人爲之動容。

每次，煮綠豆時，總是抱著感恩、恭敬之心。

綠豆從抽芽、長葉、開花、結果直到收成、晒乾，再再爲素珍帶來了無限的滿足和喜悅；甚至吃在嘴裏，那又香又甜的口感，給人飽足感之外，它還有排毒、淸肝降火的作用。

看到一粒小小的綠豆，帶給人們歡喜和多元的功能；甚至在它將完成使命之前，經過風吹日晒，最艱苦的階段還能夠邊唱歌邊跳舞來對待它生命中的苦刑，從綠豆哲學裏面，讓我體悟到生活的智慧，今後我要抱著感恩和知足的心，來面對生命的意義，珍惜人生的價值。

228

[台語]

轉外家

華嚴精舍的黃老師，每年春節攏會 chhoa⁷ 共修的師兄、師姊轉佛光山，昧輸轉外家咧；今年的行程包括奇美博物館、佛光山、錫安山和烏山獼猴區等等。

置奇美博物館參觀古兵器展覽的時，看著眞濟自古以來各種的兵器佮盔甲、鐵布衫，我企置兵器頭前沉思眞久，心內感覺誠淒涼。爲啥物人類愛製造遮呢濟精刀利劍來傷人，然後又閣費盡心機，爲著保護家己來製造沉重的盔甲和鐵衫，重幌(hoaiN⁵)幌親像枷鎖，限制家己的行動；千百年來，人佮人、國家佮國家、種族佮種族之間，戰爭不斷，爲著利益博(poa⁷)心機、爭權奪利；甚至連家庭內底，至親之間也互相殘殺；無論有形佮無形的刀，置眞濟人的手中、心中出出入入，每一個人攏戴痟(siau²)鬼仔殼過日子，爲著防止別人的欺負；人佮人之間敢有必要安呢互相傷害？想著這，心內一直滴血。

相信許文龍先生當初收藏這寡兵器展覽的時，亦是映望參觀者會凍置兵器佮盔甲內底得著一寡啓示！

到佛光山了後，彼茫茫花海的景緻，假若一片人間天堂，親像行置雲水花海中央，心肝內隨感受平靜安詳，逗逗仔消除早起看兵器利劍的不安。

[華文]

回娘家

華嚴精舍的黃老師，每年春節都會帶領共修的師兄、師姊回佛光山，好比是回娘家；今年的行程包括奇美博物館、佛光山、錫安山和烏山獼猴區等等。

在奇美博物館參觀古兵器展時，看見許多從古至今各式兵器及盔甲、鐵布衫，我站在兵器前沉思良久，心中淒切悲涼。為什麼人類要製造這麼多的精刀利劍來傷人，然後又費盡心思，為了保護自己而製造沉重的盔甲和鐵布衫，笨重如枷鎖般，箝制自己的行動；千百年來，人與人、國家與國家、種族與種族之間戰爭不斷，為了利益勾心鬥角、爭權奪利；甚至於在家庭中，至親之間也相互殘害；無論有形與無形的刀，在許多人的手中、心中進進出出，每個人都得戴上面具過生活，為了防範別人的欺負；人與人之間有必要如此互相傷害嗎？想到此，心中一直滴血。

相信許文龍先生當初收藏這些兵器展覽時，也是希望參觀者能在兵刃和甲冑中得到一些啟示！

到達佛光山之後，那花團錦簇的景緻，猶如一片人間天堂，就像行走於雲水花海中，心中頓時平靜安詳，漸漸地清除了上午看兵器利刃的不安。

再參觀李自健的「人性與愛」油畫展，那平和幸福的市井小

閣再參觀李自健的「人性與愛」油畫展，彼款平和幸福的庄腳小民，樸素無邪的生活，展現出畫家對世界和平的映望倍努力。

置伊的「紅花被系列」中，天眞無邪的紅嬰仔佮猙牲、荒野山林自然鬥陣，全然無怨妒之心，和平共存。「母女系列」內底看著李自健美如天仙的家後「丹慧」，做人老母的慈愛佮滿足的畫面，互人感動親情的可貴。置「拔刺兒」、「山妹」、「姐姐的故事」、「小咯咯」、「啄食」等畫作中，我欣羨台灣早期的囡仔時代，彼款親情、彼種友情，置物質缺欠的年代，有現此時囡仔得昧著的小幸福。「流浪人系列」，產生人情冷暖的對比。「南京大屠殺」是紀實血腥之作，明顯表現「人性與愛」的眞意。我深深對畫家的作品中領悟人性的尊嚴，感受著眞愛的溫暖，同時喚起人對生命的尊重佮熱情。

反倒轉來看，SARS、禽流感的出現，人人自危的驚惶感，比起李自健畫中童年田園綠野的自在安心，人佮猙牲和好鬥陣的畫面，眞正使人心傷悲。我忍昧稠想欲問，咱的社會到底是安怎？咱的人性佮愛心走佗去啊？

佛光山，這擺除了花展和畫展以外；猶閣展出歸萬噸的花蓮紋石；385 公斤、價值八百億的夜明珠；行到夜明珠邊仔，看著逐家攏舉手去摸夜明珠，我本底無啥興趣，一直到聽著身軀邊一個查甫大學生講：「哦！它的磁場足強呢！」我才好奇舉手摸看覓咧，雙手掌心感覺燒燒，燒氣鑽入身軀內底，歸身齊輕鬆，手指頭仔麻麻；我想起孫安迪博士有關「磁場指數」的實驗，諒必這粒 385 公斤的夜明珠，它發出的能量相當驚人！每一個人攏會用得

民，樸質無邪的生活，展現出畫家對世界和平的渴望和努力。

在他的「紅花被系列」中，天眞無邪的嬰兒與牲畜、荒野叢林爲伍，毫無猜忌之心，和平共存。「母女系列」裏看見李自健美如天仙的妻子「丹慧」，爲人母的慈愛和滿足畫面，令人感動其親情的可貴。在「拔刺兒」、「山妹」、「姐姐的故事」、「小咯咯」、「啄食」等畫作中，我欣羨台灣早年的童年時光，那親情、那友情，在物質缺乏的年代，有時下兒童得不到的小幸福。「流浪人系列」，產生人情冷暖的對比。「南京大屠殺」是紀實血腥之作，切實表現了「人性與愛」的眞諦。我深深的從畫家的作品中領略人性的尊嚴，感受到眞愛的溫暖，同時喚起人們對生命的尊重和熱情。

反觀 SARS、禽流感之出現，人人自危之恐懼感，比起李自健畫中童年田疇綠野之自在安逸，人畜共處的畫面，眞教人心生悲痛。我不禁要問，我們的社會到底怎麼啦？我們的人性與愛心到哪裏去了？

佛光山，這次除了花展和畫展之外；還展出上萬噸的花蓮紋石；385 公斤重、身價八百億元的夜明珠；走到夜明珠旁，看見大家都舉起雙掌摸夜明珠，我本不以爲然，直到聽見身旁一位男大學生說：「哦！它的磁場好強喔！」我才好奇的舉起雙手探測，感覺雙掌掌心發熱，隨即竄入通體靈暢，手指麻麻的；我想起孫安迪博士關於「磁場指數」的實驗，想必此顆 385 公斤重的夜明珠，它發出的能量是相當驚人的！每個人都可以感受到它的能源在自己的身體裏頭流竄，著實了不起！

感受著它的能源置家己的身軀內底振動，實在眞了不起！

　　雲居樓內面展出的花藝，亦是一絕，參展者精心策劃的花藝，禪味十足，花蕊佮佛教結合，內面的禪機，以咱凡夫俗子來看，創作者的精心傑作，實在使人佩服；另外有非洲館、日本館、台灣館、江南館、荷蘭館等，互人大開眼界的主題館，一路欣賞落來，實在毋甘轉去，眞想欲置這個世外桃源、佛陀國度蹛落來！

　　這啜（choa⁷）佛光山之行，互我完全洗除粒積幾落十年的塵埃，身、心、靈攏置遮得著全然的解脫佮洗禮，就親像「過去種種譬如昨日死，以後種種猶如今日生」，家己親像脫胎換骨全款，得著重生佮祝福的歡喜，感覺身心自在，悠然自得。

　　眞感謝黃鳳珠老師的策劃，我眞幸運會凍參與這世人上大的領悟佮法喜，感恩不盡。

　　錫安山特立獨行的作爲，無的確嘛是上帝對人類貪、嗔、痴、妄的一種啓示！

　　去烏山看猴山仔，遐有群體性眞強的獼猴，將家己的領土範圍佮權威當做神聖不可侵犯，置遮展現尊重生命的重要性，一大陣自由自在的猴山仔置山內跳來跳去，看著他活靈靈，知足閣快樂，心內恬恬仔感謝林 鍧修先生的堅持佮貢獻。

　　當阮大陣遊客揳（kheh）歸路咧觀賞猴山仔蹉跎的時，我發現遮人比猴山仔閣卡濟，這款光景，形成一幅眞趣味的畫面，想看覓，人類若毋珍惜資源，無欲佮大自然好好仔鬥陣，我想免偌久，人類會連生存的所在都無底揣。

　　雲居樓內展出的花藝，亦是一絕，參展者精心策劃的花藝，禪味十足，鮮花與佛教結合，裏面的禪機，以咱凡夫俗子觀之，創作者的精心傑作，實在令人佩服；另有非洲館、日本館、台灣館、江南館、荷蘭館等，讓人耳目一新的主題館，一路賞來，怎不教人流連忘返，真想在這世外桃源、佛陀國度裏住下來！

　　這一趟佛光山之行，讓我充分洗濯了累積幾十年的塵埃，身、心、靈都在這裏得到全然的紓解和洗禮，就像「過去種種譬如昨日死，以後種種猶如今日生」，自己像脫胎換骨似地，得到了重生與祝福，感到身心自在，悠然自得。

　　很感謝黃鳳珠老師的策劃，我有幸參加此生中最重大的領悟和法喜，感恩不盡。

　　錫安山特立獨行的行徑，或許也是上帝對人類貪、嗔、痴、妄的一種啟示！

　　在烏山看猴子時，那裏有群體性很高的獼猴，視自己的領域和權威為神聖不可侵犯，顯示尊重生命之重要性，一大群自由自在的猴子在山中跳躍行走，見牠們活靈靈，知足而快樂，心中默默感謝林 鈵 修先生的堅持和貢獻。

　　當我們這大批遊客擠滿通道觀賞猴子嬉戲的同時，我發現在這裏人比猴子還多，這光景，形成一幅有趣的畫面，思忖著，人類若不珍惜資源，不和大自然好好相處的話，想必不久的將來，人類會連生存的版圖都蕩然無存了。

　　這次參加回娘家──佛光山的活動，一路上得到相當多的感動和啟示，希望新的一年，因為有新的領悟和重生的喜悅，未來

這擺參加轉外家——佛光山的活動，一路上得著誠濟感動佮啓示，映望新的一年，因爲新的領悟佮重生的歡喜，未來的日子會凍閣卡順序，時時充滿法喜。

——原稿華文

的日子會更順遂，時時充滿法喜。

236

[台語]

家族的百寶箱

逐擺拍開陳年的舊柴箱，就會互幾偌代厚厚的親情牽連做夥。

彼是阮阿公的阿公親手做的，大小大概有一尺四方的柴箱，材質是紅檜木（hi no khi），阿公講，這種柴蟲昧愛食，只要保持乾燥，會凍使用真久。柴箱仔頂頭有一個鎖孔，原來是用木榫（sun²）做鎖，到清朝的時，阿公的阿爸給換做銅鎖，一直沿用到即馬。

聽阿公講，當時阿公的阿公是欲做來貯重要文件用的，親像：田地契、合同、公文、帳册、財物等有價值的物件，自安呢一代一代傳到阿公的手頭。

後來社會工商業發達，阿公給遮的文件提出來，另外囥置卡秘密安全的所在，了後，阿公開始將收藏置別位的幼項物仔、阿公的阿公阿嬤佮爸爸媽媽的手尾，親像：水烟筒、烟袋、木笛、鼻烟壺、象牙印仔、手環、金釵、手只、銀飾、玉珮……，遮的隨身物鎖入去柴箱仔內底。

每擺歸家團圓的時陣，阿公總是愛位眠床腳請出塊埃（ing ia）的老柴箱，好禮仔搬到正廳大圓桌頂頭，擦清氣了後，阿公才對腰裏夯出一枝單齒的銅製長鎖匙，將彼長長扁扁的大鎖輕輕

家族的百寶箱

　　每開一次陳年的舊木箱，就會把好幾代血濃於水的親情串連在一起。

　　那是我阿公的阿公親手做的，大小約莫一尺四方的木箱，材質取自紅檜木，阿公說，這種木材蚊虫不侵，只要保持乾燥，可以使用很久。木箱上有一個鎖孔，原來是用木栓當鎖，到了清朝，阿公的父親換上銅鎖，一直沿用到現在。

　　聽阿公說，當時阿公的阿公是做來裝重要文件的，諸如：田地契、合同、公文書、帳册、財物等有價物件，就這樣一代一代傳承到阿公手裏。

　　後來社會工商業發達，阿公將這些文件拿出來，另外放在比較隱密安全的地方，之後，阿公開始將收藏在別處的細軟之物、阿公的阿公阿嬤及爸爸媽媽的遺物，諸如：水烟筒、烟袋、木笛、鼻烟壺、象牙印章、手環、金釵、戒指、銀飾、玉珮……，這些隨身物品鎖進木箱裏。

　　每回闔家團聚時，阿公總要在床底下請出布滿塵埃的老木箱，小心翼翼地搬到正廳大圓桌上，擦拭之後，阿公才從腰間掏出一把單齒的銅製長鑰匙，將那長長扁扁的大鎖輕輕打開。開箱拿出一件件寶物，細說這是哪位祖先的遺物，同時向後輩描述其

仔拍開。拍開箱仔提出一件一件的寶物，詳細說明這是佗一位祖先的手尾，同時向後輩講伊一生做人處事佮值得囝孫學習的品行，阮逐家總是聽昧倦(sian⁷)。

這口柴箱是阮兜的百寶箱、聚寶盆，家族因為它閣卡親近，閣卡重視倫理親情。

——原稿華文

生平為人及值得子孫效法的德行，我們總是百聽不厭。

這口木箱是我們家的百寶箱、聚寶盆，家族因它更加親近，更重視倫理親情。

——1995.3.16〈聯合報〉鄉情版

[後記]

乳香母土胎衣跡

◎江秀鳳

　　苗栗銅鑼灣，埋有我出生的胞衣跡，那是連著母親臍帶的地方。出生於苗栗銅鑼灣山上，窮鄉僻壤的山脊，母親生我當時，沒有醫生也沒有產婆，孩子落地之後，必須忍受陰道撕裂的痛楚，大量流血之虛脫，還得咬著牙忍著痛，拿把剪刀剪斷母子相連的臍帶，母女洗淨污血之後，必須把胎衣埋在住家附近的土地裏，為了環境衛生，避免腐臭沖天，以示恭敬天地神明。對我們客家人而言，那埋下胎衣的地方就是我的故鄉，就是生命懸寄的地方；無論你離家多遠，你的根你的源，永永遠遠在這裏。

　　父親以燒木炭為生，我家附近整座林、整座山都是相思樹，相思樹的堅硬材質，是製造木炭的上上選材，細細的葉片散發著一股清甜的香氣，在千山萬水中散播著絲絲縷縷幽幽的相思。母親種茶，長年與茶樹為伍，那個年代沒有香水也沒有香精，母親身上永遠都是茶香圍繞，鄉下孩子不善撒嬌，也不會擁抱，母親從身旁走過時散發出的茶香，是我今生依戀的味道。

　　銅鑼灣很少文學家也不多閒情逸緻的藝術家。在我的記憶裏，那座貧瘠苦悶又養不活我們的山林，卻成為我的生命原鄉。山上的相思樹和油桐樹每年相約在四、五月開花，小小圓圓鵝黃

色毛茸茸的相思花，和雪白清香的油桐花交錯開在綠油油的山林，旣壯觀又詩意。

父親和母親的職業，在當時是困苦貧窮的代名詞，而今，這些苦難的過往，卻成爲我文學生涯的乳香母土，相思樹和油桐花成了我的故鄉代名詞，甚至出國在外，還未看見相思樹，在雜林中相思樹的味道，就會先鑽入我的鼻孔，我告訴朋友，這附近有相思樹的味道，他們都很質疑，別人都聞不到樹的香氣，每次就只有我聞到葉綠素的芬芳，左顧右盼之下，相思樹必然會跳入眼簾，百試不爽。

在我心中筆下，父親是一首沉默的詩，母親是一首唱不完的歌，故鄉是一條源源不絕，供應我延續生命的大河。

胎衣跡，也有人說是胞衣跡，是客家人特有的習俗。那個典藏血濃於水的地方，是我生命的起源地，我深愛的母土。苗栗銅鑼灣是我文學生涯的啓蒙點，也是我根深蒂固的故鄉。

《薰衣草姑娘》這本書能夠面世，首先要感謝「火金姑台語文學出版基金」於 2004 年通過評審，得到出版補助經費。還要感謝文學家胡長松先生，在百忙中撥冗爲此書寫序。更要感激前衛出版社社長林文欽先生允諾出版、總編輯吳忠耕博士細心研讀並悉心撰序的豪情。尤其是執行編輯陳金順先生的細心編排校對及台語文用字遣詞的建議，還有許多繁瑣細碎的工作和耐心完成此書的勞苦精神。特別要感恩書中每一篇故事的主角，所呈現台灣社會平民生活的眞實人生。最重要的是以此書爲名的「薰衣草姑娘──阿薰」，在她的生命故事裏，有奮鬥、有血淚，也有慈悲

和溫馨。最後，謹以此書獻給這位勇敢又仁慈的生命鬥士「薰衣草姑娘——廖惠薰小姐」。

──2005.3.22 台中大里寓所

國家圖書館出版品預行編目資料

薰衣草姑娘／江秀鳳著.－－ 初版.－－
　台北市：前衛，2005〔民94〕
　256面；15×21公分.
　ISBN 957－801－471－6(平裝)

850.3255　　　　　　　　　　　　　94007177

《薰衣草姑娘》

著　　者／江秀鳳
責任編輯／陳金順
內文編排／郭美鑾
出版補助／火金姑台語文學出版基金

前衛出版社
地址：112台北市關渡立功街79巷9號1樓
電話：02-28978119　傳眞：02-28930462
郵撥：05625551 前衛出版社
E-mail：a4791@ms15.hinet.net
Internet：http://www.avanguard.com.tw

出版總監／林文欽
法律顧問／南國春秋法律事務所‧林峰正律師

凌域國際股份有限公司
地址：台北縣五股工業區五工五路38號7樓
電話：02-22983838　傳眞：02-22981498

出版日期／2005年7月初版第一刷

定價／250元